알베르 카뮈와 「계엄령」 주연 배우 마리아 카자레스. 카자레스는 당시 카뮈의 연인이기도 했다.

알베르 카뮈 Albert Camus

계엄령

L'État de Siège

계엄령

안건우 옮김

목차

(왼쪽부터) 디에고 역을 맡은 장루이 바로, 빅토리아 역 마리아 카자레스, 알베르 카뮈(1948)

책 머리에

1947년, 소설 『페스트』는 평단과 독자 모두에게 찬사를 받으며 알베르 카뮈를 최고의 작가 반열에 올려놓았다. 『이방인』으로 이미 열광적인 반응을 이끌어내긴 했지만 상업적으로 큰 성공을 거둔 것은 『페스트』가 처음이고, 그렇기에 그의 다음 작품에 대한 기대치는 최고조에 이르렀다. 많은 이들이 기다리던 알베르 카뮈의 다음 작품은 소설이 아닌 희곡이었다. 「계엄령」이라는 제목의 이 희곡은 1948년 10월 27일 처음으로 무대에 올려진다. 스페인의 작은 마을 카디스에 불길한 혜성이 나타난 후, 한 독재자가 불현듯 등장해 계엄을 선포하고 도시를 장악해 나가며 벌어지는 이야기가 이 희곡의 중심 줄기를 이룬다.

그러나, 초연 이후 평단의 반응은 호의적이지 않았다. 이에 따라 객석의 호응도 크지 않았다. 1939년부터 집필을 시작해 1947년에 상연된 또 다른 희곡 「칼리굴라」의 상업적 성공과는 대조적인 결과였다. 「계엄령」 비평에는 주로 정치적 시각이 개입되었다. 주요한 비판은 '왜 극의 배경이 실제 민중에 대한 탄압이 이뤄지던 공산주의 국가(소련이나 동유럽 국가들)가 아니라 스페인인가?'라는 부분에 집중되었는데, 카뮈는 이에 대해 '그러한 지적은 논점을 일탈한 것이다'라는 취지의 답을 칼럼으로 작성하기도 했다. 카뮈가 이 작품을 통해 전하고 싶었던 것은 전체주의가 얼마나 폭력적이고 위험할 수 있는지에 대한 메시지였기에, '작품의 배경 도시가 어디인가?' 같은 문제는 그다지 중요하지 않았던 것으로 보인다. 카뮈는 실제로 전체주의의 위험성을 일찍부터 인지하고 있었고, 나치즘과 공산주의(특히 스탈린 치하의 소련)를 동일하게 비판해 왔다.

이 작품은 고발 형식의 르포르타주가 아니다. 오히려 전체주의의 억압에 관한 극적인 은유에 가깝다.

장루이 바로(왼쪽)와 알베르 카뮈(1948)

「계엄령」 리허설 중 배우들과 함께한 알베르 카뮈(1948)

좋은 문학 작품이 가진 힘은 결국 시대를 뛰어넘는다. 초연 당시의 반응은 열광적이지 않았으나 폭력과 전체주의에 대한 은유를 담

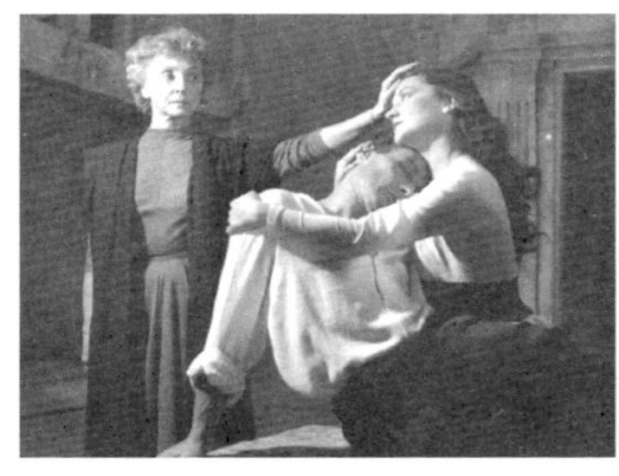
빅토리아를 연기하는 마리아 카자레스(1948)

직접 무대에 올라 연기 지도를 하는 카뮈

지하고 있기에, 「계엄령」은 최근까지도 여러 나라에서 무대에 올려지곤 한다. 정치적 억압 상황이 닥칠 때 자주 언급되는 작품이기도 하다.

카뮈 사후 반세기 이상이 흘렀으며 21세기가 도래했음에도 세계 각처에서는 여전히 권력화된 이념으로 인한 폭력이 끊이지 않고 있는 것이 우리가 처한 현실이다. 아무리 선한 의도로 출발한 이념이라 할지라도, 그것이 권력화되는 순간 필연적으로 부조리를 양산할 수밖에 없다는 카뮈의 메시지는 현재에도 유효하다.

「계엄령」에 묘사된 민중의 두려움이나 각계 지도자층의 이기적인 모습은 오늘날 우리가 실생활에서 목격하는 인간군상의 모습들과 상당 부분 닮아 있기도 하다.

카뮈는 이념이 인간 위에 있을 수 없다는 생각을 평생 말과 글, 행동으로 표현한 작가이고, 이념이 인간을 억압해 올 때 폭력으로 맞서기보다는 용기와 사랑으로 그것을 극복해야 한다고 생각했다. 그의 그러한 철학과 신념은 「계엄령」에서도 고스란히 드러난다. 폭력을 극복할 수 있는 가장 큰 힘은 다름 아닌 '사랑'인 것이다.

녹색광선이 그간 여러 책을 통해 전하고자 하는 가장 중요한 메시지 또한 '사랑'이기 때문에, 독자님들께서 이 작품의 출간을 그 연장선상에서 보아주셨으면 한다.

배우들과 이야기 나누는 카뮈

「수녀를 위한 레퀴엠」 리허설 중(1956)

인간은 역사마다 다른 얼굴을 한 이데올로기가 교묘하게 내세운 계엄령(실제 계엄령 혹은 계엄령으로 은유되는 다양한 검열들)하에 지속적인 억압과 이에 따른 혐오의 감정을 겪어왔다. 그 혐오의 감정은 때때로 그것을 촉발한 이데올로기가 아닌 같은 민중에게 향한다. 이런 감정이 심화되면 혐오와 증오는 예상치 못한 폭력의 모습으로 나타나기도 한다. 이는 지나간 역사가 아닌 '현재 진행형'의 역사이며, 보이지 않게 우리 사회 안에 견고하게 자리 잡은 잠재된 위험이기도 하다. "증오에 복종하지 마십시오. 그 어떤 것도 폭력에 내주지 마십시오"라고 썼던 카뮈의 말을 잊는 순간, 우리는 우리가 당연히 여기며 누려왔던 자유를 잃게 될지도 모른다.

2025년 3월

녹색광선 편집부

장루이 바로에게

일러두기

1941년, 장루이 바로[1]는 페스트라는 신화와 관련된 공연을 구상한다. 이는 앙토냉 아르토[2] 역시 일전에 시도했던 주제다. 여러 해가 지난 후, 바로는 대니얼 디포[3]의 명작인 『페스트 시기의 일지』를 각색하는 편이 작업을 단순하게 하는 데 더 효과적이라고 생각했다. 그래서 그는 연출을 위한 초안을 작성했다.

이후 바로는 나 또한 동일한 주제로 한 편의 소설을 발표하려는 것

---

1 장루이 바로Jean-Louis Barrault(1910-1994)는 프랑스의 배우이자 연극연출가이다. 앙토냉 아르토의 영향을 받아 동양의 연극적 요소를 통한 새로운 연극언어를 탐구하는 데 주력하며 전통적인 서구 연극의 개혁에 헌신하였다. 그는 인간의 삶과 우주를 총체적 관점에서 조망하여 이미지를 통해 관객과 교감하는 총체극을 지향하였으며, 마임을 적극 활용하고 종전의 극장 공간을 벗어나는 등 참신한 시도들을 도입하였다. 당시 문화부장관이었던 앙드레 말로에게 발탁되어 1959년 오데옹 극장의 감독으로 취임하며 이오네스코, 베케트, 뒤라스, 주네 등의 작품들을 올렸다.

2 앙토냉 아르토Antonin Artaud(1989-1948)는 프랑스의 배우이자 연극이론가이다. 기존의 유럽 연극을 문학에 종속된 것으로 규정하고 이를 극복하기 위해 현실과 비현실을 연결하는 동양 연극의 제의적인 양식성을 도입하려 시도하였다. 초현실주의의 감화를 받은 그는 삶의 잔혹성을 연극을 통해 폭로함으로써 정화와 치유를 경험할 수 있는 '잔혹극' 개념을 창안하고, 이를 통해 인간 정신을 해방시켜야 함을 논구하였다. 잔혹극과 관련해 그가 집필한 다양한 이론서들은 이후 새로운 연극예술을 추구하였던 수많은 예술가들에게 상당한 영향을 미쳤다.

3 대니얼 디포Daniel Defoe(1660-1731)는 영국의 소설가이다. 다작의 작가로 알려져 있으며 대표작으로 『로빈슨 크루소』가 있다. 이 글에서 언급하는 『페스트 시기의 일지』는 1722년 출판된 것으로, 작가의 삼촌이 겪었던 1665년의 일명 '런던 대역병' 사태를 배경으로 창작된 소설이다.

을 알게 되었고, 자신이 만든 초안을 바탕으로 연극의 대사를 창작해줄 수 있는지를 제안해 왔다. 나는 생각이 좀 달랐는데, 대니얼 디포의 작품을 기초로 한 구상보다는 바로가 처음 가졌던 구상을 바탕으로 작업하는 것이 좋겠다고 생각했다.

그 말인즉 1948년의 관객들 모두가 이해할 만한 어느 신화를 상상해보자는 것이었다. 「계엄령」은 이러한 의도를 구현해낸 결과물인데, 내 생각에 이 작품은 사람들의 관심을 끌 만한 매력이 충분하다.

그러나,

1. 누가 뭐라고 하든지 「계엄령」은 내 소설을 각색한 것이 전혀 아니라는 점을 분명히 밝힐 필요가 있다.

2. 이 작품은 전통적인 구조의 연극이 아니며, 하나의 스펙터클에 가깝다. 그 명백한 의도란 서정적인 독백에서 여러 사람들이 함께하는 연극에 이르기까지 무언극, 간결한 대화, 소극(笑劇), 코러스 등의 연극적 표현 양식을 결합해보자는 취지에서 비롯되었다.

3. 내가 전체 텍스트를 창작한 것은 사실이나, 바로의 이름 또한 내 이름과 동등한 위치에서 표기되어야 함이 마땅할 것이다. 다만 이 과정에서 내가 마땅히 존중해야만 하는 몇 가지 이유들이 있어 실제로 그렇게 하지는 못했다. 그러나 내가 장루이 바로의 도움으로 이 작품을 창작한 것만큼은 분명하게 밝힌다.

1948년 11월 20일

알베르 카뮈

등장인물

페스트

비서

나다

빅토리아*

판사

판사 부인

디에고

총독

시장

도시의 여자들

도시의 남자들

위병들

짐수레꾼

---

* 1948년 10월 27일 파리 마리니 극장에서 르노바로 극단에 의하여 초연된 〈계엄령〉에서는 당시 카뮈와 연인 관계였던 마리아 카자레스가 빅토리아 역으로 분하였다. 마리아 카자레스는 에스파냐 공화파 가문 출신의 배우로 에스파냐 내전 이후 프랑스로 건너와 1944년 마르셀 에랑 연출의 〈오해〉를 통해 카뮈와 처음 만났다. 빅토리아의 상대역인 디에고는 바로가 분하였다.

프롤로그

경보 사이렌을 연상케 하는 요란한 주제의 서곡.

막이 걷힌다. 무대는 완전한 암흑의 상태다.

서곡이 끝나도 경보 사이렌을 주제로 한 소리는 멀리서 여전히 웅웅거린다.

별안간, 무대 상수[1] 안쪽에서 혜성 하나가 불현듯 나타나 느린 속도로 하수[2]를 향해 무대를 가로질러 이동한다.

혜성은 빛을 발하며, 요새화된 에스파냐 어느 도시의 성벽과 관객에게 등을 돌리고 있는 여러 사람들의 실루엣을 마치 그림자놀이를 하듯 비춘다. 사람들은 혜성을 향해 목을 길게 뽑은 채 부동자세로 서 있다. 네 시를 알리는 종이 울린다. 사람들의 중얼거리는 소리는 들리나, 무슨 말인지 거의 알아듣기 어렵다.

— 세상의 종말이다!

---

1 무대에서 객석을 바라보았을 때 기준으로 왼쪽

2 무대에서 객석을 바라보았을 때 기준으로 오른쪽

— 그건 아니야!
— 만약 세상이 끝장난다면….
— 아니야. 세상이 끝장나도, 에스파냐는 멀쩡할 거야!
— 에스파냐도 똑같이 끝장날걸.
— 무릎을 꿇어라!
— 불행을 몰고 다니는 혜성이다!
— 에스파냐는 아니야, 그럼, 에스파냐는 안 망한다고!

두세 명의 고개가 돌아간다. 한두 명이 조심스레 이동하고, 이윽고 모든 것이 부동의 상태로 되돌아간다. 웅웅거리던 소리는 갑자기 큰 소리로 증폭되어 몹시 날카로운 소리가 되고, 마치 협박하는 말소리같이, 알아들을 수 있을 만큼 음악적으로 변모한다. 동시에, 혜성은 무지막지한 크기로 몸집을 불린다. 불현듯 어느 여인의 소름 끼치는 비명이 들리며 음악은 멎고, 혜성은 다시 원래의 크기로 돌아간다. 여인은 숨을 헐떡이며 달아난다. 무대 위에 야단법석이 펼쳐진다. 사람들의 대화는 더욱 요란하여 전보다는 잘 들리지만, 여전히 무슨 말인지 알아들을 수 없다.

— 전쟁이 일어난다는 징조다!
— 틀림없어!
— 허풍 떨지 마.
— 보기 나름이지.
— 그만, 더워서 그래.

— 카디스[3]의 더위라면.

— 됐어.

— 저 여자는 너무 시끄러워.

— 고막이 터질 지경이야.

— 우리 도시에 내리는 저주다!

— 아아! 카디스! 너에게 저주가 내리는구나!

— 조용! 조용!

그들은 다시 혜성에 시선을 고정한다. 그러자 이번에는 민병대 장교의 말소리가 또렷이 들린다.

민병대 장교 다들 집으로 돌아가시오! 구경할 만한 것은 당신들이 본 게 다요. 괜한 일로 소란이다, 이 말이오. 야단만 벌였지 결국 아무 일도 일어나지 않았잖소. 여하튼, 카디스는 언제나 변함없이 카디스요.

어느 목소리 그래도 이건 어떤 징조야. 아니 땐 굴뚝에 연기 날까.

어느 목소리 오! 전능하시고 가혹하신 신이시여!

어느 목소리 곧 전쟁이 터진다, 그걸 알리는 징조야!

어느 목소리 요즘 세상에 누가 한심하게 징조 같은 걸 믿어! 그런 걸

---

3 에스파냐 안달루시아 지방 최남단에 위치한 카디스 주의 주도. 에스파냐의 대표적인 항구 도시로, 서유럽에서 오래된 도시 중 하나로 추정된다. 카디스 만을 향해 좁고 길게 난 육지에 형성된 도시로 거의 사면이 바다로 둘러싸여 있다. 신대륙 탐사를 진행한 콜럼버스 선단의 모항이었으며, 대항해시대 당시 많은 부가 집중하며 영국 해군의 공격을 받기도 하였다.

믿기엔 요즘 사람들은 너무 똑똑하고, 행복하단 말이야.

어느 목소리 그래, 그래서 인간이 제 머리통을 박살내는 거라고. 돼지 같이 멍청한 족속, 그게 바로 우리를 두고 하는 말이야. 그리고 돼지들은 결국 피 흘리며 희생당할 운명이지.

장교 다들 집으로 돌아가시오! 전쟁은 우리들의 일이지, 당신들의 일이 아니오.

나다 아이고! 그 말대로라면 뭐가 문제겠어? 하지만 아니야, 장교들은 자기 침대에 누워 자신의 칼과 함께 죽음을 맞을 뿐이고, 전쟁을 감내하는 건 우리들이거든!

어느 목소리 나다, 나다가 왔다. 저 바보가 왔어!

어느 목소리 나다, 너라면 알겠지. 저게 무엇을 의미하는 걸까?

나다 (그는 불구자다) 당신들은 내가 말하는 것 따위는 듣고 싶지 않을 텐데. 당신들은 내가 무슨 말을 해도 가볍게 웃어넘기잖아. 저 학생에게 물어보자고, 곧 박사가 되니까. 나는 이 술병하고나 떠들어야지.

그는 술병을 입에 가져다 댄다.

어느 목소리 디에고, 이게 도대체 무슨 일일까?

디에고 문제될 게 뭐 있겠어요? 그저 마음 굳게 먹고 버티면 되죠.

어느 목소리 민병대 장교에게 물어보자고.

장교 민병대가 보기에 당신들은 공공질서를 문란하게 만들고 있소.

나다 민병대는 속도 좋지. 저리 생각이 단순해서야.

디에고 저기 봐요, 또 시작됐어요….

어느 목소리 아! 전능하시고 가혹하신 신이시여!

웅웅거리는 소리가 다시 시작된다. 두 번째 혜성의 등장이다.

— 그만!

— 이제 됐다!

— 카디스여!

— 그만해!

— 이건 도시에 내리는….

— 저주야….

— 조용! 조용!

5시를 알리는 종이 울린다. 혜성은 사라졌다. 날이 밝아온다.

나다 (경계석 위에 걸터앉아 조소하듯) 자자! 이 도시를 비추는 지식인이자, 모든 것을 시건방지게 대하고, 명예라면 신물이 나는 술주정뱅이이자, 경멸할 자유를 수호하기에 사람들의 웃음거리인 이 나다가 불꽃놀이 뒤에 그대들에게 거저 경고해 주겠소. 그대들에게 이르노니 때가 되었도다. 그리고, 점점 더 그때가 가까워지고 있노라.
사실상 그때란 이미 오래전부터 우리들을 속박하고 있었

소. 다만 어느 주정뱅이가 말해주고 나서야 뒤늦게 알아차리게 되었을 뿐이지. 그렇다면 우리는 지금 어떤 처지에 놓인 것인가? 그것을 알아내는 일은 상식 있는 체하는 당신들의 몫이요. 나로 말하자면, 내 입장은 이미 오래전부터 확고하며 내가 가진 신조는 다음과 같이 확고하지. 삶이란 죽음에 이르기 마련이니, 인간은 화형대의 장작에 불과해. 그대들이 곧 화를 입으리라는 나의 말을 명심하시오. 저 혜성은 불길한 징조야. 저 혜성은 그대들을 향한 경고라고!

말도 안 되는 헛소리라고? 그럴 줄 알았어. 하루 세 끼 식사를 하고, 여덟 시간 일을 하며 처첩이 수발을 들어주니 당신들은 모든 일이 아무 문제없이 돌아간다고 생각하겠지. 아니야. 당신들은 순리대로 사는 것이 아니라, 줄을 서고 있는 거지. 평화에 안주한 낯짝으로 열을 맞춰 줄을 서니, 그대들에게 곧 큰 재앙이 닥칠 거야. 자, 선량한 이들이여, 이것으로 경고는 끝났고, 나는 내 상식에 따라 행동했어. 나머지 일들은 신경 쓰지 마, 하늘이 알아서 주관할 테니까. 이제 일이 어찌 돌아가는지 당신들도 알겠지. 호락호락하지만은 않을 거야!

판사 카사도 신을 모욕하는 짓거리는 그만두거라, 나다. 네 방종이 하늘에 불손한 죄를 지은 것이 벌써 오래전부터다.

나다 내가 언제 하늘에 대고 말을 했나, 판사? 하늘이 주관하는 일이라면 난 찬성이야. 나는 내 방식대로 판사 노릇을 하고 있는 거요. 여러 책을 읽으며 안 사실인데 하늘의 희생양이 되느니 공범이 되는 것이 낫겠더라고. 게다가 이 일은 하늘과 아무런 관련이 없다는 것이 내 생각이야. 인간들이 서로 뒤엉켜 유리창이며 사람들의 머리통을 깨기 시작하면, 음악에 조예가 깊은 선하신 주님께서 알고 보니 그저 성가대의 어린아이에 불과하다는 것을 당신도 곧 알겠지.

판사 카사도 너처럼 방종한 것들이야말로 우리들로 하여금 하늘의 경고가 내려지게 만드는 원인이야. 왜냐하면 혜성의 등장은 정말로 경고일 테니까. 다만 경고는 마음이 부패한 이들에게 떨어지는 법이지. 더 끔찍한 일이 뒤따르지 않도록 경외심을 가지며 주님께 우리 죄과를 용서하시도록 기도하자. 얼른 무릎을 꿇어라! 무릎을 꿇어, 내 말대로 해!

나다를 제외한 모두가 무릎을 꿇는다.

판사 카사도 두려워하라, 나다, 두려워하며 무릎을 꿇어라.

나다 무릎이 굳어서 그럴 수가 없거든. 아까부터 두려워하라고 하는데, 나는 일어날 모든 일들에 대비가 되어 있어. 최악의 상황, 그러니까 당신의 지겨운 설교에도 말이지.

판사 카사도 가엾은 놈, 그럼 너는 그 무엇도 믿지 않는다는 말이냐?

나다 이 세상에 믿을 건 없어, 술은 빼고. 하늘에서도 믿을 게 없기는 마찬가지야.

판사 카사도 주님, 이 자를 용서하소서, 스스로 무슨 말을 내뱉고 있는지를 본인도 모르나이다. 또한 이 도시와 주님의 자녀들에게 은총을 내리소서.

나다 미사는 끝났으니 돌아가시오. 야, 디에고, '혜성' 상표가 붙은 술 한 병만 가져다 줘. 아, 그리고, 요즘 만나는 여자랑은 어떻게 됐는지 좀 말해 달라고.

디에고 나다, 나는 판사님의 딸과 결혼할 거야. 앞으로는 판사님을 모욕하지 말아줬으면 해. 그건 나를 모욕하는 것과 마찬가지야.

나팔수들의 소리. 민병대원들에 둘러싸여 전령 등장.

전령 총독의 명령이오. 각자는 해산하여 맡은 생업에 종사할 것. 좋은 정부란 아무 일도 일어나지 않는 정부를 말한다. 과거에도 그랬듯 앞으로도 좋은 정부가 유지되기 위해서는 총독의 통치하에 어떠한 일도 일어나지 않아야 한다. 그러므로 카디스의 거주민들이여, 오늘은 아무런 일도 일어나지 않았으니 불안해 하거나 동요할 필요가 전혀 없다. 이런 연유로, 각자는 새벽 여섯 시 이후로 혜성이 이 도시의 상공에 출현하였다는 사실을 분명한 허위로 받아들여야만 할 것이다. 천체운동의 현상으로써 과거 또는 앞으로 일어날 혜성의 움직임을 언급하는 거주민을 제외하고, 이 명령을 위반하는 자는 누구든 즉각 법의 엄중한 처벌을 받을 것이다.

나팔수들의 소리. 전령 퇴장.

나다　　참나! 디에고, 어찌 생각해? 참 기발한 생각이군!

디에고　　말도 안 되는 소리야! 거짓말을 하는 건 언제나 어리석은 짓이지.

나다　　아니지, 그게 바로 정치라는 거야. 그리고 정치란 모두를 말살하는 걸 추구하니까 나는 저 포고령에 동의해. 아! 저런 훌륭한 총독님이 계시다니! 만약 정부 재정에 결손이 생기고, 자신의 처가 다른 남자와 연분을 가지면, 총독께서는 결손을 기록에서 지워 버리고, 처의 요분질을 부정하겠지. 아내가 간통을 해도 자신의 처가 정숙한 부인이라고 말하고, 중풍에 걸린 환자는 걸을 수 있게 만드는 거지. 그러니 눈먼 장님과도 같은 당신들은 똑똑히 보란 말이야! 진실의 시간이 당도했어!

디에고　　그런 불길한 소리는 하지 마, 이 마귀같은 놈아! 진실의 시간이란 바로 죽음이 비롯되는 시간이야!

나다　　내 말이 그 말이야. 이 세상 따위는 죽어버렸으면 좋겠어! 세상은 마치 황소같이, 네 다리를 떨어대며, 작은 눈망울에는 증오가 이글거리고, 불그스름한 콧등은 지저분한 레이스 장식처럼 더러운 침이 엉겨붙어 있단 말이야. 그런 세상의 모습 그대로를 내가 마주할 수만 있다면! 아아! 그렇다면 얼마나 대단한 순간이 될까. 이 노쇠한 손은 주저하지 않을 것이고, 놈의 척수를 일격에 두 동강 낼 거야. 즉사한 짐승의 몸뚱아리는 시간이 그 끝에 이를 때까지 무한한 공간 속으로 추락하겠지!

디에고 나다, 너는 경멸의 감정을 불필요하게 낭비하고 있어. 그런 감정은 아껴 둬, 언젠가 필요할 때가 있을 테니까.

나다 나한테는 아무것도 필요하지 않아. 나는 죽는 순간까지도 경멸할 거야. 이 세상에 그 무엇도, 어느 왕도, 어떤 혜성도, 어떤 도덕도, 결코 내 위에 있을 수 없어!

디에고 진정해! 기어오르는 짓도 적당히 해. 그러다간 사람들이 너를 싫어할 텐데.

나다 나는 만물의 위에 군림해 있기 때문에, 무엇도 바라는 게 없지.

디에고 그 누구도 명예의 가치보다 위에 있지는 못해.

나다 이봐, 도대체 그 명예란 게 뭔데?

디에고 나를 서 있게 만드는 힘이지.

나다 명예란 과거 또는 미래의 천체 현상에 불과해. 그러니 없애 버리자고.

디에고 좋아, 나다. 이제 가봐야겠어. 그녀가 나를 기다리고 있어. 그래서 나는 네가 읊어대는 재앙 같은 건 믿지 않아. 나는 행복해지는 것에 힘을 쏟아야 해. 이건 오래 걸리는 일이지. 도시와 시골이 서로 평화로워야만 하니까.

나다 이봐, 내가 이미 말해 줬잖아. 우리에게 이미 재앙이 당도했다니까. 무엇도 기대할 수 없어. 연극은 곧 시작될 거야. 세계가 마침내 죽음을 맞이하게 된 것을 기념하기 위해 시장으로 달려가서 술이나 마시고 싶은데, 시간이 될지 모르겠군.

무대 암전.

프롤로그 끝

1부

불이 켜진다. 평소와 같은 일상의 활기. 사람들의 몸짓은 더욱 역동적이고, 움직임의 속도는 더욱 급해진다. 음악. 무대 앞쪽이 트이고 상점의 주인들이 셔터를 올린다. 시장 안의 광장이 나타난다. 민중의 코러스가 어부의 인도하에 점차 기쁨의 소리로 광장을 채운다.

코러스 아무 일도 일어나지 않는다, 아무 일도 일어나지 않을 것이다. 자, 싱싱합니다, 싱싱해요! 재앙은 오지 않았어. 여름의 풍요로움이 만발하네! (환희의 외침) 봄은 막 지나갔어. 어느새 하늘을 향해 빠른 속도로 튀어 오른 여름의 황금빛 오렌지는, 계절의 정점에서 터지며 스페인의 머리 위에 꿀과 같은 과즙을 쏟아내지. 그때 녹진한 과즙을 품은 포도가, 버터 빛깔의 멜론이, 핏빛의 새빨간 무화과가, 불꽃의 색과 같은 살구가, 온 세상 여름이 품어낸 온갖 과실들이 한꺼번에 우리 시장의 진열대로 몰려들어. (환희의 외침) 오, 과실들이여! 버드나무 가지로 짠 광주리에 서 너희들의 조급했던 기나긴 여정에 마침표를 찍는구나. 여정의 출발점이었던 시골에서 과실들은 여름의 청량함으로 물든 초원의 물과 당분을 먹고 실하게 자랐네. 햇빛으로 물든 무수한 샘에서 솟아나는 깨끗한 물들은 뿌리와 줄기를 통해 하나로 모아지고, 과실의 중심부로 전해지고, 그 속에서 마르지 않는 꿀의 샘과 같이 유유히 흐르며 과실을 단단하게 만들고 더욱 무겁게 만들었지.
무겁게, 더더욱 무겁게! 마침내 무거움을 견디지 못한 과실들은 내리는 빗줄기 속에서 흘러내리고, 우거진 풀숲 사이를 가로지르며 굴러가기 시작하고, 강물의 물살에 실려 떠다니며, 모든 길들을 따라 나아가서는, 세상 곳곳에서 기쁨에 겨운 민중의 떠들썩한 소리와 여름의 나팔 소리의 (거센 나팔 소리) 환영을 받으며 인간들이 사는 도시 안으로 무리를 지어 입성하여, 포근한 대지와 길러주신 은혜를 베푼 하늘은 풍요의 약속을 지킨다고 증언하지. (모두 환희에 가득 차 소리친다) 그래, 아무 일도 일어나지 않았어. 지금은 여름이야. 하늘에 올릴 봉헌만 있을 뿐 재앙은 없지. 겨울은 나중의 일, 굳어버린 빵을 먹는 것은 지금 걱정할 일이 아니야! 지금은 도미, 정어리, 바닷가재, 생선, 잔잔한 바다에서 잡아온 싱싱한 생선들, 치즈, 겉을 로즈마리로 감싼 치즈의 시기지! 세탁비누와 같은 거품이 이는 산양유, 그리고 대리석 식탁 위에는 왕관 모양의 종이 장식 아래 여전히 핏물이 뚝뚝 흐르는 고깃덩이, 자주개자리[4]의 향기가 나는 고깃덩이가 인간에게 피와 즙, 햇살을 동시에 음미하도록 하네. 맛 좀 보세요! 맛 좀 봐요! 이 계절을 담은 술잔을 듭시다. 모든 것을 잊을 때까지 마십시다, 아무 일도 일어나지 않을 테니까!

환호성. 기쁨의 외침. 나팔 소리. 음악 등 시장의 사방에서 여러 광경들이 펼쳐진다.

거지 1 한 푼만 줍쇼, 이봐요, 한 푼만 줍쇼, 할머니!

거지 2 안 주시느니 빨리 주시는 것이 낫습니다!

거지 3 우리 말이 안 들리는 체하지 마요!

거지 1 아무 일도 일어나지 않았다는 거지, 잘 알겠어.

거지 2 하지만 어쩌면 무슨 일이 일어날지도 몰라.

그는 행인의 손목시계를 훔친다.

거지 3 그래도 자비는 베푸셔야죠. 꺼진 불도 다시 보라고 했습니다.

---

4 자주색 꽃을 피우는 다년생 식물로 에스파냐에서는 알팔파alfalfa라는 이름으로 잘 알려져 있다.

생선 시장에서

어부 카네이션처럼 새빨갛고 신선한 도미 있어요! 바다의 꽃이랍니다! 근데 뭐가 더 불만이신가요?

노파 당신네 도미는 바다의 꽃은커녕 바다의 개 같구만![5]

어부 상어라고요? 노망난 할망구 같으니, 당신이 오기 전까지는 우리 가게에 상어는 들인 적도 없는데 말이야.

노파 예끼, 어디 부모 없는 짓을! 내 흰 머리를 보고 말해!

어부 저리 가쇼, 혜성 같은 노인네!

모두 손가락을 입술에 가져다 대고 부동자세로 있다.

빅토리아의 방 창가에는 빅토리아가 창살을 사이에 두고 디에고와 마주해 있다.

디에고 정말 오랜만이야!

빅토리아 제정신이야? 우리 오늘 아침 열한 시에 만났었잖아!

디에고 맞아, 하지만 그때는 너희 아버지도 계셨지!

빅토리아 아버지는 좋다고 답하셨어. 분명 안 된다고 말씀하실 줄 알았는데 말이야.

디에고 곧장 아버님과 대면해서 결판을 내었으니 망정이지.

빅토리아 네 말이 맞아. 아버지가 깊이 고민하시는 동안, 나는 눈

---

5 바다의 꽃fleur de mer과 바다의 개chien de mer가 비슷한 형태임을 이용한 말장난으로, '바다의 개'는 상어를 달리 부르는 프랑스어 표현이다.

을 꼭 감고 내 안에서 저 멀리서부터 들려오는 달음박질 소리에 집중했어. 그 소리는 점점 더 빠르고 크게 들리면서 나중에는 내 온몸이 떨릴 정도였지. 그러고서 아버지가 승낙을 하셨던 거야. 그때 나는 눈을 떴지. 세상에서 맞이하는 첫 아침처럼 느껴졌어. 우리가 함께 있었던 방 한구석에서, 나는 사랑의 검은 말(馬)들을 보았어. 여전히 몸을 떨고 있었지만, 그때부터는 다시 차분해졌지. 검은 말들이 기다리고 있었던 건 우리였던 거야.

디에고 나도 귀먹지 않고 눈멀지 않았어. 그런데도 내가 들을 수 있었던 건 말이 앞발로 부드럽게 땅을 구르듯 몸속의 피가 내는 소리뿐이었어. 내가 느낀 기쁨은 불현듯 차분해졌지. 오 빛의 도시여, 대지가 우리 두 사람을 다시 부르기 전까지 한평생 너를 나의 가슴에 맡아 간직할 거야. 내일이 되면 우리 함께 같은 말안장에 올라서 떠나자.

빅토리아 그래. 우리만의 언어로 말해 줘. 남들에게는 미친 사람처럼 보이더라도 말이야. 내일이면, 네가 내 입술에 입을 맞춰 주겠지. 네 입술을 보면 내 뺨이 달아올라. 말해 줘, 남풍 때문에 그런 걸까?

디에고 남풍 때문이야. 그래서 나 역시 몸이 뜨거워져. 내 몸을 식혀줄 샘은 어디 있을까?

디에고가 다가간다. 창살 너머로 두 팔을 뻗어, 빅토리아는 디에고의 어깨를 껴안는다.

빅토리아　아! 가슴에 사무칠 정도로 당신을 사랑해! 더 가까이 와줘.

디에고　역시 넌 아름다워!

빅토리아　당신은 항상 힘이 넘쳐!

디에고　도대체 무엇으로 얼굴을 씻기에 아몬드처럼 새하얄까?

빅토리아　깨끗한 물로만 씻는걸, 사랑이 아름다움을 더해 주지!

디에고　머리카락은 선선한 밤처럼 상쾌해!

빅토리아　그건 매일 밤마다 창가에서 너를 기다리기 때문이야.

디에고　깨끗한 물과 밤 때문에 네 몸에서 레몬과 같은 향이 나는 걸까?

빅토리아　아니야, 당신의 사랑이 보내는 바람이 나를 단 하루 만에 꽃으로 뒤덮어 주어서 그런 거야!

디에고　꽃들은 시들면 지는데!

빅토리아　그다음은 열매가 기다리지!

디에고　겨울이 올 텐데!

빅토리아　그래도 당신과 함께인걸. 당신이 처음 내게 불러준 노래 기억해? 그 노랫말처럼 항상 변함없는 거지?

디에고　나 죽고 백 년 뒤에
대지가 내게 묻겠지
내 너를 결국 잊었냐고
그럼 나는 아직이라 답하리

빅토리아는 말이 없다.

디에고 왜 말이 없어?

빅토리아 큰 행복에 목이 메어서.

점성술사의 천막 속

점성술사 (어느 여자에게) 아가씨, 아가씨가 태어날 때 태양이 천칭자리를 가로지른 것을 보니, 금성의 기운을 타고났다고 봐도 되겠어. 황소자리의 영향을 받고 있기는 하지만, 사람들이 알다시피 황소자리 역시 금성의 지배를 받고 있거든. 그러니까 아가씨의 기질은 태생부터 감수성이 예민하고, 다정하고, 상냥하다는 거야. 아가씨도 만족할 거야. 하지만 황소자리 때문에 독신으로 살 팔자가 될 수도 있고, 아가씨한테 주어진 그런 귀한 자질들을 무용지물로 만들어 버릴 위험도 있어. 게다가 내가 보니 금성과 토성이 결합하는 운세가 보이는데, 이건 결혼운과 자녀운에는 정말 좋지 않아. 이렇게 결합이 되면 괴상한 성미를 가지게 될 수도 있고, 소화기관에 있어 좋지 못한 영향을 줄 수도 있어. 그렇다고 해도 이런 것들에 크게 염려하지는 말고, 태양을 찾으려 노력해야 해. 태양은 정신과 덕성을 북돋아주고, 설사에 있어서는 이만한 효력을 가진 약이 없으니 말이야. 친구를 사귈 때는 황소자리에 속하는 사람으로 골라야 해, 알겠지? 여하튼 아가씨 팔자가 잘 풀릴 것 같아, 순조롭고 평탄한 쪽으로 가겠어. 그 팔자 덕분에 즐겁게 살 거라는 것만 명심해. 자, 6프랑만 줘.

점성술사는 돈을 받는다.

여자 고마워요. 지금 나한테 해준 말들 전부 확실한 거죠?

점성술사 물론, 아가씨, 확실하지! 하지만 조심해! 오늘 아침에는 아무 일도 일어나지 않았던 거야. 잘 알겠지. 아무 일도 일어나지 않았다는 그 사실이 내 점괘를 뒤엎을 수도 있어. 나로서는 그 일어나지 않았던 것에 대해서는 책임이 없으니까 말이야![6]

여자는 퇴장한다.

점성술사 점 봐드립니다! 과거, 현재, 미래가 항성에 의해 보장된답니다! 저는 분명히 항성이라고 말했습니다! (방백) 혜성들이 항성의 일에 끼어들면, 이 일도 못 해 먹는다고. 그러면 천상 총독 노릇이나 해야겠지.

여자 집시들 (다 같이) 네게 행복을 빌어주는 친구….
오렌지 향 나는 갈색 머리 여인….
마드리드로의 기나긴 여정….
신대륙의 유산….

---

6 총독의 포고령에 따라 혜성 출현을 "아무 일도 일어나지 않았던 것"으로 말하면서, 혜성으로 인해 점괘가 바뀔 것을 경고하는 대사다.

남자 집시 금발의 친구가 죽고 나면 당신은 갈색 편지를 받겠지.

무대 안쪽 사각의 가설무대 위에서 울려퍼지는 북소리.

배우들 여러분의 예쁜 두 눈을 크게 떠 주십시오. 기품 넘치는 부인 여러분, 그리고 네, 나리도요. 귀를 기울여 주십시오! 여기 있는 우리 배우들은 에스파냐 왕국에서 가장 유명하며 뛰어난 배우들입니다. 제가 이분들을 궁정에서 얼마나 힘들게 이곳 시장까지 모셔왔는지 모릅니다. 지금부터 여러분을 즐겁게 해드리기 위해 불멸의 극작가 페드로 드 라리바[7]의 성스러운 일막극, 〈유령들〉을 선보이겠습니다. 여러분을 깜짝 놀라게 만들 이 작품은, 천재적인 영감의 날개를 타고 단숨에 우주의 걸작 반열에 오른 작품입니다. 이처럼 경이로운 작품을 우리 국왕 폐하께서는 하루에도 두 번이나 상연하도록 명하실 만큼 아끼신 바 있는데, 만약 제가 이 극단에 각별한 관심을 기울이며 어서 빨리 이곳 시장에서도 작품을 소개하여 에스파냐를 통틀어 가장 상식 있는 이 카디스의 민중 여러분께 감화를 주어야 한다는 생각을 하지 않았더라면 폐하께서는

---

7 카뮈는 1953년 앙주 연극제에서 피에르 드 라리베의 「유령들」을 각색하여 상연한 경험이 있다. 작중에 등장하는 '페드로 드 라리바'라는 이름은 에스파냐 황금세기문학의 대표 극작가인 페드로 칼데론 데 라 바르카와 피에르 드 라리베의 이름을 적절히 섞어 창조한 것으로 보인다.

지금 이 순간에도 왕궁에서만 이 작품을 계속 관극하셨을 겁니다! 자자, 가까이 오십시오, 곧 연극이 시작됩니다.

실제로 연극이 상연되지만 시장의 소음으로 뒤덮인 탓에 배우들의 대사는 들을 수 없다.

— 싱싱합니다! 싱싱해요!
— 여자 바닷가재입니다! 반은 여자, 반은 생선이오!
— 정어리 튀김입니다! 정어리 튀김!
— 여기, 이 세상 모든 감옥을 탈출한 탈옥의 왕이 있습니다!
— 토마토 좀 보고 가세요, 아가씨, 아가씨 심장처럼 매끈하답니다.
— 결혼식에 쓸 예복과 레이스 장식 있어요!
— 괜히 하는 말도 아니고 아프지도 않습니다, 이 페드로가 당신의 이를 뽑아드립니다!

나다 (술집에서 취해 나오며) 모조리 밟아 으깨 버려. 토마토며 심장이며 아주 짓이겨 버리자고! 탈옥의 왕은 다시 감옥에 처넣고, 페드로의 이빨은 박살내 버리자! 이런 일도 예측하지 못한 점성술사는 죽여 버리자구! 여자 바닷가재는 먹어 치우고 그 밖의 나머지는 전부 제거해, 마실 것만 빼고 전부!

값비싼 옷으로 치장한 어느 외국인 상인이 젊은 여인들의 큰 무리가 점령

한 시장에 들어온다.

상인 구경하세요, 혜성 무늬 리본 좀 보고 가세요!

모두 쉿! 쉿!

그들은 상인에게 지금 미친 짓을 하고 있음을 귀띔해 준다.

상인 구경하세요, 항성 무늬 리본 좀 보고 가세요!

모두가 리본을 구입한다.

환호성. 음악. 총독이 수행원을 거느리며 시장에 당도한다. 모두 자리를 잡고 선다.

총독 여러분께 총독이 인사드립니다. 이곳에 모여 평소와 같이 카디스의 평화와 풍요를 위해 힘쓰시는 여러분들을 뵙게 되니 무척 기쁩니다. 네, 맞습니다. 정말로 그 무엇도 변한 것은 없으며, 이는 좋은 일입니다. 변화만큼 성가신 게 없어요, 저는 관습을 좋아한답니다!

민중의 한 사람 맞습니다, 총독님, 정말로 아무것도 변한 건 없어요, 우리 같은 영세한 서민들이야 분명 그렇게 말씀드릴 수 있습니다. 월말만 되면 겨우 숨만 쉽니다. 양파나 올리브, 빵

조각으로 간신히 허기를 달래는 형편이고, 닭백숙[8] 같은 요리는 다른 사람이나 매주 일요일마다 먹는다고 생각하니 그런대로 만족입니다. 정작 우리들은 구경도 못하는데 말이죠. 오늘 아침에는 도시 안에서든 머리 위에서든 여러모로 떠들썩했습니다. 사실대로 말씀드리자면, 그 일로 벌벌 떨었습니다. 무언가 일이 다르게 돌아가는 건 아닌가 해서요. 갑자기 우리같이 불쌍한 사람들이 초콜릿 따위를 억지로 먹게 되는 일이 생기는 건 아닌가 해서 말입니다. 그런데 관대하신 총독님의 노고 덕분에, 아무 일도 일어나지 않았다는 사실을 듣게 되었습니다. 저희들의 귀가 어떻게 된 거였더라고요. 그때, 총독님과 더불어 저희들은 안도할 수 있었답니다.

총독 총독으로서 기쁩니다. 새로운 것이란 하등 쓸모가 없는 법이죠.

막료들 참으로 지당하신 말씀입니다! 새로운 것이란 하등 쓸모가 없는 법입니다. 양식과 경륜을 통해 이 직을 수행하게 된 저희 막료 일동은 저 선한 빈자들이 비꼬려는 의도로 저런 말을 올린 것이 아닌 줄 아뢰옵니다. 비꼬는 태도는 파괴적인 자질이니까요. 무릇 뛰어난 총독이라 함은 건설적인 악을 선호하는 법입니다.

총독 여하튼 지금으로서는 그 무엇도 움직이면 안 되오! 나는

8 Poulet au pot 라는 닭을 오래 끓여 만드는 요리를 말한다. 프랑스에서는 주일마다 닭고기를 먹는 풍습이 오래부터 있었다.

부동의 왕이니까!

술집의 취객들 (나다 주위를 둘러싸고) 옳지, 옳지, 지당한 말씀! 아니, 아니, 부당한 말씀! 그 무엇도 움직여서는 안 되오, 총독 나리! 우리 주위의 모든 게 빙빙 돌고 있으니 이것 참 고통스럽단 말이지! 움직이지 않고 가만히 있으면 좀 좋아! 모든 움직임이여, 멈추어라! 모조리 없어져라, 술과 광기만 빼고.

코러스 그 무엇도 변하지 않았다! 아무 일도 일어나지 않고 있으며, 아무 일도 일어난 적이 없다! 사계절은 축을 따라 돌아가고 있으며 그윽한 하늘에서는 차분한 천체들이 운행하고 있으니, 평온한 기하학은 불타는 듯 일렁이는 제 머리칼로 천상의 초원에 불을 지르고, 경계심을 조장하는 괴성으로 행성들의 감미로운 음악에 훼방을 놓고, 달음박질이 일으킨 바람이 영원불멸한 천체 운동을 뒤죽박죽으로 만들어 놓고, 별자리들이 서로 어긋나게 만들고, 천상 곳곳의 온 교차로에서 천체 간의 재앙적인 충돌을 획책하며 질서를 어기고 미쳐 날뛰는 별들을 단죄한다. 사실은 모든 것은 순리대로 돌아가며, 세상은 균형을 지키고 있다! 지금은 한 해의 정오, 굳건하며 드높은 계절! 행복이여, 행복이여! 보라. 지금은 여름이다! 무엇이 문제이겠는가, 우리의 자랑거리가 바로 행복이다.

막료들 만일 하늘에도 관습이라는 것이 있다면, 그건 그것대로 관습의 왕이신 총독께 감사를 올려야 할 일이다. 당연히

각하께서는 산발이 된 머리칼을 좋게 보지 않으신다. 각하께서 이끄시는 왕국은 어디를 가나 잘 빗은 머리칼과 같을 것이다!

코러스 침착하라! 그 무엇도 결코 변하지 않을 터이니 우리는 차분하게 있어야 한다. 바람에 머리칼을 휘날리며, 불꽃이 이글거리는 눈동자에, 입으로는 고함을 내지른다 하여도 그것이 다 무슨 소용인가? 우리는 다른 이들의 행복을 자랑으로 삼으리라!

취객들 (나다 주위를 둘러싸고) 움직이는 것들은 제거해 버려, 제거해, 제거하라고! 누구도 움직이지 마. 우리도 움직여서는 안 돼! 시간이 흐르도록 내버려 둬, 그리하면 아무런 문제도 없을 테니까! 굳건한 계절이야말로 우리들 마음에 자리한 계절이야. 그 계절이야말로 가장 무더운 계절이자 술 당기는 계절이기 때문이지!

그 전부터 경보 사이렌을 주제로 한 소리가 별안간 날카로운 소음이 되는 동시에 둔탁하며 요란한 소리가 두 번 울려 퍼진다. 가설무대 위에서 한 명의 배우가 무언의 행위를 계속하면서 관객들 앞으로 걸어 나온다. 그는 비틀거리다가 금세 모여든 군중 한가운데서 쓰러진다. 군중 누구도 말하지 않고, 미동도 없다. 완전한 침묵이 흐른다.
몇 초간 무대에는 움직임이 없다가, 곧 군중이 부산하게 움직인다.

디에고가 군중을 가르며 나타나자 군중이 서서히 물러나고 쓰러진 배우가 보인다.
두 명의 의사가 도착해 배우의 몸을 살펴보고는, 한쪽으로 물러나서 흥분한 상태로 무언가를 논의한다.

어느 젊은 남성이 의사 중 한 명에게 설명을 구하려 했으나, 의사는 거부하는 행동을 취한다. 남성은 군중의 격려를 받으며 의사를 압박한다. 답을 듣기 위해 의사를 밀치고 흔들며, 마치 애원하는 듯한 몸짓으로 잡고 늘어지다가 절정에 이르러서 남성과 의사는 입술과 입술이 맞부딪칠 정도로 가까이 붙는다.

숨을 들이마시는 소리. 남성은 의사로부터 무슨 답을 들은 듯한 기색이다. 남성은 의사에게서 떨어지더니 아주 힘겹게, 마치 그 말이 자신의 입으로 전하기에는 몹시 벅차고, 엄청난 노력 없이는 그 말을 할 수 없다는 듯 간신히 말한다.

— 페스트요.

모두가 그 자리에서 주저앉으며 남성이 내뱉은 말을 몇 번이고 점점 더 빠른 목소리로 되뇐다. 군중은 연단 위에 다시 오른 총독을 가운데에 두고 무대 위로 커다란 원을 그리며 사방으로 달아난다. 움직임은 더욱 속도가 붙고, 급격하게 전개되다가 광란의 상태로 이어진다. 이윽고 연로한 사제의 목소리가 들리자 이들은 이곳저곳 무리를 지어 모인 상태로 움직임을 멈춘다.

사제 성당으로 모이시오, 성당으로! 결국 단죄가 내려졌소. 오래된 역병이 이 도시를 덮쳤소! 오래전부터 죽음에 이르는 대죄를 죽음으로써 단죄하기 위해 하늘에서 타락한 마을마다 내렸던 것이 바로 이 역병이었소. 거짓으로 점철된 그대들의 입으로 무엇을 외친다 한들 소리를 잃을 뿐이며, 불같이 타오르는 낙인이 그대들의 심장에 찍힐 것이오. 지금은 정의의 신께 우리들의 죄를 잊고 용서해 주시길 빌어야 할 때요. 모두 성당으로 들어가시오! 성당으로 들어가시오!

몇몇이 앞다투어 성당 안으로 들어간다. 다른 사람들은 기계적으로 이리저리 우왕좌왕하는 동안 죽음을 알리는 종소리가 울린다. 무대 안쪽 깊숙한 곳에서 점성술사가 마치 총독에게 보고하듯 아주 자연스러운 어조로 말한다.

점성술사 서로 적대적인 행성 간의 불길한 결합이 천체도 내에 이뤄지고 말았습니다. 이 결합은 온 사람들에게 가뭄과 기아, 페스트가 덮칠 징조이고 또 그것을 알리는 현상인데….

한 무리의 여성들의 시끄러운 잡담 소리에 점성술사의 예언은 들리지 않는다.

— 그 사람의 목에 엄청나게 큰 벌레가 붙어서는 피를 빨아먹는데 그 소리가 마치 물을 긷는 펌프 소리 같았어!
— 그건 거미였어, 아주 크고 시커먼 거미!
— 녹색이야, 녹색 거미였어!
— 아니야, 그건 바다도마뱀이었어!
— 너 제대로 안 봤구나! 그건 문어였어. 어린애만큼 큰 문어였다고.
— 디에고, 디에고 어디 있어?
— 많은 사람이 죽어 버려서 그들을 매장해 줄 사람은 한 명도 남지 못할 거야!
— 아이고! 어디로든 도망쳐야 하는데!
— 떠나자! 떠나자!

빅토리아 디에고, 디에고는 어디 있지?

이 장면이 진행되는 동안 하늘에는 온갖 징조들로 가득해지고, 경보 사이렌을 상기시키는 소리는 점점 더 커지면서 공포 분위기를 조성한다. 한 남자가 마치 하늘의 계시를 받은 얼굴을 하고는 집에서 뛰쳐나와 소리쳤다. "40일 안에 이 세상에 종말이 온다!" 그러자 사람들은 공포에 사로잡히고, 그의 말을 되풀이한다. "40일 안에 이 세상에 종말이 온다!" 민병대원들이 그 남자를 체포하는 동안, 다른 쪽에서는 여성 주술사 한 명이 나와 약을 나누어 준다.

여성 주술사 향수박하, 박하, 샐비어, 로즈마리, 타임, 사프란, 레몬 껍

질, 마지팬[9]…. 잠깐, 잘 들어요. 이 약의 효력은 아주 확실합니다!

한 줄기의 찬바람이 불어오는 동시에 태양은 저물고 사람들이 고개를 든다.

여성 주술사 바람이다! 바람이 분다! 재앙은 바람을 무서워하지. 다 잘 될 겁니다, 다들 두고 보세요!

그와 동시에 바람이 멎는다. 웅웅거리는 소리가 다시 날카롭게 변하고, 귀가 멍할 정도의 둔탁한 소리가 두 번씩 좀 더 가까이서 요란하게 울린다. 군중 한가운데서 두 남성이 쓰러진다. 모두가 다리를 휘청거리며 뒷걸음쳐 달아나기 시작한다. 오직 여성 주술사만이 남았는데, 주술사의 발치에 쓰러져 있는 두 남성의 서혜부와 목 부근에 역병의 흔적이 남아 있다. 쓰러진 남성들은 몸을 뒤틀어가며 두세 번 꿈틀거리다가 죽는다. 그때 밤의 어두움이 천천히 무대를 채우고 군중은 두 남성의 시체를 무대 가운데에 버려둔 채 무대 바깥으로 계속 이동한다.

암전.

성당에는 조명. 왕궁에 스포트라이트. 판사의 집에 조명. 각 장소의 장면들이 중첩된다.

---

9 으깬 아몬드나 아몬드 반죽, 설탕, 계란 흰자로 만든 말랑말랑한 과자를 말한다.

왕궁

시장 각하, 역병이 빠른 속도로 확산하는 까닭에 구호 작업이 무용지물입니다. 여러 지역들에서 생각보다 전염 상황이 심각한 것으로 보이니, 현재 상황을 은폐하고 어떠한 경우에도 민중에게는 진상을 알리지 않는 게 좋으리라 사료되는 바입니다. 일단 지금 상황을 보면 빈민들의 밀집 거주지인 외곽 지대에서 확산세가 이어지고 있습니다. 저희가 처한 참상 속에서 적어도 이 점은 다행으로 생각됩니다.

동감의 의사를 표하는 웅얼거림.

성당

사제 가까이 와서 각자 자신이 몹쓸 짓을 저질렀던 것에 대해 사람들 앞에서 고해하시오. 저주받은 자들이여, 마음을 감추지 마시오! 다른 이들에게 각자가 자신이 저지르거나 마음속에 품었던 죄과를 기탄없이 밝히시오. 그러지 않으면 죄악의 독이 그대들의 숨통을 막을 것이며 페스트의 문어발과 같은 마수에 걸려 그대들은 분명히 지옥에 떨어질 것이오…. 내 먼저 스스로의 죄를 고백하노니, 자비를 베푸는 일에 종종 인색하게 굴었나이다.

세 사람의 고백이 행위로 계속되는 와중에 아래의 대화가 이어진다.

왕궁

총독 모두 잘 될 것이다. 유감이지만 내 사냥하러 가야 할 일정이 있네만. 하여튼 큰일만 생겼다 하면 꼭 이렇게 방해를 받는다니까. 어찌 하는 것이 좋겠소?

시장 모범을 보이시는 맥락에서라도 예정대로 사냥을 다녀오시지요. 이 역경 속에서도 각하께서 얼마나 의연하게 처신하시는지를 우리 도시가 알아볼 수 있어야 합니다.

성당

모두 저희를 용서하소서, 신이시여, 저희가 저지른 죄 그리고 저지르지 않은 모든 일들을 용서하소서!

판사의 집

판사는 가족들에게 둘러싸여 시편을 낭송한다.

판사 "주님께서는 나의 은신처요 나의 성채로다.
나를 새잡이의 함정에서 지켜주시는 이는 주님뿐이다.

그리고 많은 이의 목숨을 앗아가는 페스트에서도!"[10]

부인 카사도, 밖에 다녀오면 안 될까요?

판사 부인, 당신은 평소에도 외출이 너무 잦았소. 부인의 외출이 우리 집안에 행복을 들인 일이 없소.

부인 빅토리아가 아직 집에 오지 않아서요, 무슨 일이 생긴 건 아닌가 걱정이에요.

판사 당신 자신에게 생길 수 있는 일은 한 번도 걱정한 적이 없으면서. 그래서 당신의 명예가 실추된 거요. 여하튼, 이 재앙 속에서 가장 안전한 곳은 집밖에 없소. 내 모두 짐작한 일이오. 페스트가 유행하는 동안 집에서 버티고 있다가, 끝나는 날만 기다리면 되오. 신께서 도우시니, 우리에게까지 해가 미치지는 않을 거요.

부인 카사도, 당신 말이 맞아요. 그런데 이 세상에 우리만 있는 것도 아닌데. 다른 사람들은 고통을 받고 있어요. 빅토리아도 어쩌면 위험에 처해 있을 수도 있고요.

판사 다른 사람 걱정은 하지 말고 집안일이나 돌보시오. 당신 아들 일이나 생각하라 이 말이오. 가능하면 최대한 식량들을 비축해 놔. 얼마를 부르든 상관 말고. 최대한 긁어모아요, 부인, 최대한! 지금은 긁어모을 때란 말이오! (판사는 낭송한다) "주님께서는 나의 은신처요 나의 성채로다…."

10 시편 91장 2-3절의 내용을 인용한 대목이다.

성당

사람들이 그다음 구절을 낭송한다.

코러스 “너는 두려워 마라
밤에 찾아오는 갖은 악몽도
한낮에 날아드는 화살들도
어둠 속에서 암약하는 페스트도
정오에 퍼져 나가는 역병도.”

어느 목소리 오! 전능하시고 가혹하신 신이시여!

광장을 비추는 조명. 코플라[11] 리듬에 맞추어 사람들이 이리저리 움직인다.

코러스 너는 모래에 서명을 하고
바닷물에 글을 썼으니
고통만이 남는도다.

빅토리아 등장. 광장에 스포트라이트.

빅토리아 디에고, 디에고는 어디 있지?

한 여자 환자들 곁에 있어. 자신을 찾는 사람들을 치료해주고 있지.

---

11 코플라는 4행의 운문 구성에서 파생된 대중음악의 한 형태로 특히 안달루시아 지방에서 성행하여 코플라 안달루자copla andaluza라고도 부른다.

빅토리아가 무대의 끝으로 달려가다가 페스트 치료 의사들의 마스크를 쓴 디에고와 부딪힌다. 빅토리아는 깜짝 놀라 디에고를 밀쳐내며 소리지른다.

디에고 (부드럽게) 빅토리아, 내가 그렇게 무섭게 생겼어?

빅토리아 (소리치며) 오! 디에고, 드디어 찾았네! 그런 마스크는 벗어 버리고 나를 안아 줘. 당신 품에, 당신 품에 안기면 나는 이 재앙에서 벗어날 수 있을 거야!

디에고는 움직이지 않는다.

빅토리아 디에고, 우리 사이가 변한 거야? 나는 몇 시간 동안 도시 곳곳을 누비며 당신을 찾아다녔어. 혹시 당신도 페스트에 걸린 건 아닐까 하는 불안에 사로잡혀서 말이야. 그런데 여기서 고통과 역병을 상징하는 그런 마스크를 쓰고 있다니. 그거 벗어. 당장 벗어. 나를 안아 줘, 제발 부탁해! (디에고는 마스크를 벗는다) 당신의 두 손을 보면 내 입이 바싹바싹 말라버려. 어서 키스해 줘!

디에고는 움직이지 않는다.

빅토리아 (나직한 목소리로) 키스해 줘. 목말라 죽을 지경이야. 우리가 바로 어제 약혼했다는 사실을 잊은 거야? 밤새도록, 나는 내게 온 힘을 다해 키스해 줄 당신이 있는 오늘을 기다렸단 말이야. 어서, 어서…!

디에고 빅토리아, 난 불쌍한 사람들을 버려둘 수 없어!

빅토리아 나도 마찬가지야. 그런데 내 눈에는 우리가 제일 불쌍해 보여. 그래서 이 골목 저 골목을 소리치고 다니면서 당신을 찾았던 거야. 당신에게 뛰어가 나의 두 팔을 당신의 두 팔과 엮고 싶어서 말이야!

빅토리아는 디에고에게 다가간다.

디에고 나를 만지지 마, 나한테서 떨어져!

빅토리아 왜?

디에고 나도 나를 더 이상 모르겠어. 나는 사람이 무서워 본 적이 없어. 그런데 지금 상황은 나로서도 어쩔 수가 없어. 명예 따위는 아무 소용이 없어, 이제는 용기를 잃은 느낌이야. (빅토리아는 디에고에게 다가간다) 가까이 오지 마. 어쩌면 이미 나도 병에 걸렸을지도 모르고, 그렇다면 너에게 옮길 수도 있어. 잠시만 기다려. 숨 좀 돌리고 싶어, 마비된 것처럼 답답해. 저 사람들을 어떻게 다뤄야 하는 건지, 그들의 몸을 침대에서 어떻게 돌려 놓아야 할지 도무지 모르겠어. 너무 두려워서 손이 떨리고, 불쌍해서 차마 눈 뜨고 볼 수 없을 지경이야. (비명과 신음 소리) 그런데도 저렇게 나를 부르고 있어, 너도 들었지. 이제 가 봐야겠어. 몸조심해, 우리 서로 조심하자. 조만간 끝이 날 거야. 반드시!

빅토리아 내 곁에서 떠나지 마.

디에고 끝날 거야. 나는 죽기 아까울 만큼 젊고 너를 너무 사랑하니까. 내게 죽음은 아직은 공포의 대상이야.

빅토리아 (디에고를 향해 몸을 던지며) 난 살아 있어, 살아 있다고!

디에고 (뒤로 물러서며) 창피하게, 빅토리아, 부끄럽게 그만해.

빅토리아 부끄럽다니, 왜 부끄러워?

디에고 내가 두려워서 그렇게 느꼈나 봐.

신음 소리가 들린다. 디에고는 소리가 난 쪽으로 달려간다.

코플라 리듬에 맞추어 군중이 이리저리 움직인다.

코러스 누가 옳고 누가 그른가?
생각해 보라
지상의 모든 것은 거짓뿐
죽음 외에 진실은 없다.

성당과 총독궁에 스포트라이트.

성당에서는 시편의 낭송과 기도 소리가 들린다. 궁에서는 시장이 사람들에게 말한다.

시장 총독 명령. 금일부로 공공이 직면한 재앙에 대한 속죄의 의미로, 나아가 감염의 위험을 모면하기 위해, 모든 집회를 엄금하며 모든 오락 또한 금지한다. 또한….

한 여자 (군중 가운데서 소리치기 시작한다) 저기다, 저기! 시체를 감추고 있다. 시체를 그렇게 내버려 두면 안 되지. 그러다가는 시체가 모조리 썩어 버릴 텐데! 부끄러운 줄 알아라! 시체를 땅에 묻어 줘라!

사람들이 동요한다. 남자 둘이 여자를 끌고 퇴장한다.

시장 또한 총독께서는 우리 도시를 덮친 예상치 못한 환난에서 비롯되는 돌발적인 상황으로부터 민중을 안심시키려는 의지가 있음을 밝힌다. 의료계의 견해에 따르면, 해풍이 불어오는 것만으로도 페스트는 종식될 것이다. 전능하신 신께서….

무언가 부딪히듯 둔탁하고 큰 굉음이 두 차례 울리며 시장의 말을 끊는다. 이어서 두 번의 또 다른 굉음이 울리는 가운데 죽은 이를 기리기 위한 종소리가 울려퍼지고, 성당에서는 기도 소리가 점차 증폭된다. 공포에 사로잡힌 침묵만이 무대를 지배하는 가운데 두 명의 낯선 남녀가 등장한다. 모두의 시선이 그들에게 쏠린다. 남자는 비대한 체형에, 모자는 쓰지 않았다. 그는 일종의 제복과 같은 옷을 입고 훈장을 차고 있다. 여자도 마찬가지로 제복 같은 옷을 입고 있는데, 흰색의 칼라와 소매가 달려 있다. 여자는 손에 수첩 하나를 들고 있다. 이들은 총독궁 아래까지 이르러 인사한다.

총독 내게 무언가 원하는 게 있나, 낯선 이들이여?

남자 (예의를 갖춘 어조로) 당신 자리요.

모두 뭐라고? 저자가 뭐라는 거야?

총독 농담할 때를 잘못 찾았군. 그런 식으로 건방지게 굴다가는 값비싼 대가를 치를 수 있소. 내가 잘못 들었을 수도 있긴 하지만. 당신 누구요?

남자 어디 한번 맞혀 보시지요!

시장 당신이 어디서 온 작자인지는 모르지만, 이봐, 당신의 죽을 자리가 어딘지는 알겠군!

남자 (아주 침착하게) 겁을 주는군. 어떻게 하면 좋겠어, 비서. 내가 누군지 밝혀야 되나?

비서 관례상으로는 예법을 갖추어 밝혀야 되는데요.

남자 저 신사분들이 어찌나 조급하게 구는지 말이야.

비서 저들한테도 나름의 이유가 있겠죠. 하기야 우리는 이 도시에 방문한 입장이니 이곳의 법도를 따라야겠죠.

남자 잘 알겠어. 그런데 이 고상한 사람들이 좀 난감하게 받아들이지는 않을까?

비서 무례를 범하느니 난감한 게 백배 낫지요.

남자 그것도 맞는 말이야. 그런데 아직 마음에 걸리는 게….

비서 둘 중 하나일 텐데….

남자 한번 말해 봐….

비서 우리가 누구인지 밝히든지, 안 밝히든지 둘 중 하나죠. 만약 밝히게 되면 저들이 우리가 누군지를 알 거고, 밝히지 않는다면 저들이 직접 알아내겠죠.

남자 그것참, 깔끔하게 이해가 되는군.

총독 여하튼 잡담은 그만! 적절한 조치를 취하기 전에 마지막으로 묻겠다, 너희들은 누구며 무슨 일로 왔나?

남자 (여전히 태연하게) 나는 페스트요. 당신은?

총독 페스트?

남자 그렇소. 나는 당신의 자리가 필요합니다. 유감입니다만 양해해 주시오. 앞으로 처리할 일이 많이 남았으니까. 아마 당신께 두 시간 정도만 드리면 저에게 권력을 이양하기에 충분하겠죠?

총독 듣자 듣자 하니 아주 막나가는군, 그런 식으로 기만하는 행위에는 벌이 따르지. 위병!

남자 잠깐! 누구에게도 강요할 생각은 없어요. 저는 항상 법도에 따라 행동함을 원칙으로 삼으니까요. 제 행동이 뜻밖의 일로 받아들여진다는 건 충분히 이해합니다. 이유야 어쨌든 당신은 제가 누군지 잘 모를 테니까요. 다만 제가 부탁드리는 건 제가 굳이 나서기 전에 당신께서 당신의 자리를 저에게 이양해야 한다는 것입니다. 이래도 제 말을 받아들이기가 어려우신가요?

총독 참아주는 것도 한계다, 농담이 선을 넘어도 한참 넘었어. 이자를 체포해라!

남자 그렇게 나오면 저도 어쩔 도리가 없군요. 일이 이렇게 되어 버려 참 난감합니다. 비서, 말소 작업에 착수하는 게 어때?

그는 위병 중 한 사람에게 손을 내민다. 비서가 자신의 수첩에 적혀 있는 무언가에 보란 듯이 줄을 긋는다. 둔탁한 소리가 다시 들린다. 위병이 쓰러진다. 비서가 쓰러진 위병을 확인한다.

비서　모든 일은 규정대로 처리됩니다, 각하. 세 가지 표식이 여기 나타나 있습니다. (다른 이들을 향해, 상냥한 어조로) 표식이 하나면 그 사람이 수상한 인물임을 나타냅니다. 표식이 두 개면 그 사람이 감염되었다는 뜻이죠. 세 개의 표식은 말소 작업이 확정된 대상이라는 뜻입니다. 이보다 간단할 수는 없죠.

남자　아! 당신께 제 비서를 소개하는 걸 깜빡했군요. 이미 내 비서임을 눈치챘겠죠. 요즘 사람을 하도 많이 만나다 보니 그만….

비서　그럴 수 있죠! 어차피 사람들이야 제가 누군지는 금방 알아차리니까요.

남자　참 융통성 있는 사람이라니까요. 그렇죠? 명랑하고, 시원시원하고, 사람이 참 반듯해서….

비서　그런 게 자랑거리가 되나요. 싱싱한 꽃들이나 웃음 한가운데 있으면 업무도 수월한 법이죠.

남자　참 바람직한 원칙을 가졌군. 그러면 다시 본론으로 돌아가 볼까요! (총독에게) 당신에게 제가 농담이 아니라 진지하게 말씀드렸다는 것에 대해 충분한 근거가 됐나요? 할 말 없어요? 좋아요, 놀랐을 겁니다, 그럼요. 제가 그러고

싫어서 그랬던 건 아닙니다, 이해해 주세요. 저 역시 우호적인 상황에서 타협하는 것을 선호하거든요. 당신과 나의 확언을 보증 삼아서 상호 신뢰를 바탕으로 한 일종의 합의처럼, 말하자면 명예 협정과 같은 방식으로 말이죠. 사실 지금이라고 해서 잘 처리하기에 늦은 건 아닙니다. 두 시간의 여유라면 충분하겠지요?

총독은 부정의 의미로 고개를 젓는다.

남자 (비서 쪽을 돌아보며) 이거 정말 언짢군!

비서 (고개를 저으며) 저 고집 좀 봐요! 이렇게 황당할 수가!

남자 (총독에게) 아무튼 당신의 동의를 얻어 내야겠습니다. 당신의 허락 없이는 무엇도 실행하고 싶지 않아요, 그렇게 하면 내 원칙을 어기는 것이 되니까요. 지금부터 내가 제안한 아주 작은 개혁 정책에 대해 당신이 자유의지에 의해 찬동할 때까지, 나를 도와 일하는 비서가 필요한 만큼 말소 작업을 진행할 것입니다. 자네, 준비됐어?

비서 뭉툭해진 연필을 다시 뾰족하게 깎을 시간을 주세요. 곧 모든 일이 잘 돌아가게 될 겁니다.

남자 (한숨을 쉰다) 자네의 낙천적인 사고가 아니었더라면, 이 일로 내가 무척 힘들었을 거야!

비서 (연필을 깎으며) 완벽한 비서라면 언제든지 잘 풀리겠다는 확신을 가지는 법이죠. 어떤 계산상의 착오가 있다 하더라도 바로잡을 수 있고, 깜빡 잊은 약속이라 해도 다시 잡을 수 있죠. 불행한 상황이더라도 좋은 면이 없는 건 아니에요. 전쟁도 자체로는 효능이 있기 마련이고 하물며 공동묘지도 십 년마다 영구 임대권이 만료되기만 하면 꽤 짭짤한 사업이 되니까요.

남자 한마디 한마디가 주옥같군…. 연필은 다 깎았나?

비서 다 깎았으니 시작해도 좋습니다.

남자 그럼 시작하지!

남자는 앞으로 등장한 나다를 손으로 가리킨다. 나다는 술에 취해서 연신 웃음을 터트린다.

비서 이자처럼 그 무엇도 믿지 않는 사람이라면 우리 작업에 꽤 쓸모가 있지 않을까요?

남자 옳은 말이야. 그렇다면 막료들 중에 하나를 골라보자.

막료들은 아연실색한다.

총독 잠깐!

비서 좋은 신호예요, 각하!

남자 (점잖게) 제가 무엇을 도와드리면 되겠습니까, 총독님.

총독 만일 내 당신에게 직을 넘겨준다면, 나와 내 가족들 그리고 막료들의 목숨은 보장받을 수 있소?

남자 그럼 당연하고 말고요, 자자, 그게 상식인걸요!

총독은 막료들과 논의한 다음, 민중을 향해 몸을 돌린다.

총독 카디스의 민중이여, 그대들도 잘 알겠지만, 확신하건대 모든 상황이 지금부터 바뀌었습니다. 여러분의 이익을 위해서라도 이 도시를 여기 나타난 새로운 권력에게 이양하는 것이 옳은 일일 것입니다. 이들과 내가 체결한 합의에 의해 최악은 면하게 될 것이며, 그대들은 언젠가 그대들을 위해 헌신할 정부가 이 도시 성벽 너머에 자리하고 있다는 확신을 얻게 될 것입니다. 내 자신의 안전 문제 때문에 그대들에게 이렇게 말하는 것이 아니며, 다만….

남자 말씀 중에 죄송합니다만. 당신이 이 유용한 조처들에 대해 기꺼이 동의하며 이는 당연히 자유의지에 근거한 합의임을 분명하게 밝혀주시면 기쁘겠습니다.

총독이 두 사람 쪽을 바라본다. 비서가 연필을 입술 쪽으로 가져간다.

총독 물론, 나는 자유의지에 입각하여 이 새로운 합의를 체결한 것입니다.

총독은 웅얼웅얼대더니, 뒤로 물러서서는 달아난다. 모두가 탈주한다.

남자 (시장에게) 잠시만요, 그렇게 빨리 도망치지 마요! 민중의 신임을 얻을 수 있는 사람이 필요한데, 그 사람을 통해서 내 의지를 민중에게 전달할 수 있을 테니 말이야. (시장은 망설인다) 당연히 그대가 맡아주겠지… (비서에게) 이봐….

시장 물론이고 말고요, 크나큰 영광이옵니다.

남자 아주 좋아. 그러면, 비서, 자네가 시장에게 우리가 만든 포고령을 전달해 줘. 이제부터 말 잘 듣는 민중이 포고령을 통해 규칙에 맞게 생활해야 하니까 말이야.

비서 시장 및 시의회의 발의에 따라 공포되는 포고령….

시장 저는 아직 아무것도 발의한 게 없는데요….

비서 그런 수고를 덜어드리는 거예요. 제가 보기엔 우리들의 수고를 통해 작성된 것들에 영광스럽게도 당신이 서명을 하게 되는 거니까, 오히려 만족스러울 거라고 생각하는데요.

시장 그렇지만, 아무리 그래도….

비서 따라서 이 포고령은 전적으로 우리 경애하는 최고지도자의 의지를 통해 공포된 공문서로써 효력을 발휘하며, 감염된 거주민들을 대상으로 한 통제 조치와 공적 원조의 실행, 더불어 감시관, 치안관, 집행관과 장의사와 같이 주어진 명령을 반드시 수행할 것을 서약한 모든 인력과 제 규정에 대한 지정의 목적을 가진다.

시장 죄송한데요, 이게 도대체 무슨 말인가요?

비서 민중이 애매모호한 것에 길들여지도록 하기 위한 거예요. 이해를 못 하면 못 할수록 더 말을 잘 들으니까요. 자, 그럼, 이 포고령들을 하나씩 도시 전체가 듣도록 큰 소리로 알리도록 하세요. 아주 멍청한 사람들도 금방 이해할 수 있게 말이에요. 저기 전령이 오네요. 얼굴이 반반하게 생겨서 저들이 하는 말은 쉽게 기억에 남을 것 같아요.

전령들이 등장한다.

민중 총독이 도망친다, 총독이 도망쳐!

나다 총독의 권리지, 민중이여, 그건 총독의 권리야. 총독이 곧 국가라고. 국가를 수호해야 돼.

민중 총독이 곧 국가였던 시절이 있었지. 하지만 지금 총독은 아무것도 아니야. 저자가 도망쳤으니 페스트가 곧 국가군.

나다 그게 어쨌다는 거야? 페스트든 총독이든, 언제나 국가는 국가야.

민중은 얼쩡대며 도망칠 곳을 찾는다. 전령 한 명이 앞으로 나선다.

첫 번째 전령 감염자가 있는 모든 가옥은 대문 중앙에 반경 일 피에[12] 크기의 검은 색 별을 표지하고, "우리는 모두 형제다"[13]라는 문구를 기입한다. 별 문양은 해당 가옥의 연금이 해제될 때까지 형태를 보존해야 하며 이를 어길 경우 법에 의

12 피에pied는 프랑스에서 길이를 잴 때 사용하는 단위로, 1피에는 약 30.48센티미터이다.
13 「정의로운 사람들」 제1막에서 '아넨코프'의 대사에서도 등장하는 표현이다.

거하여 엄벌에 처함.

첫 번째 전령은 퇴장한다.

어느 목소리 무슨 법을 말하는 거야?

다른 목소리 당연히 새로운 법이지.

코러스 높으신 분들께서는 우리를 보호해 주겠노라고 말해왔었지, 그런데 지금은 온데간데없이 우리들만 외로이 남았네. 소름 끼치는 안개가 도시 사방에 짙게 깔리고, 과실과 장미의 향기는 시나브로 흩어지며, 이 계절의 영광은 그 광채를 잃고 여름의 환희는 숨막혀 헐떡이는구나. 아, 카디스, 바다의 도시여! 바로 어제만 해도 북아프리카의 풍요로운 대지를 지나오며 몸집을 불린 사막의 바람이 해협 너머로부터 불어와 우리의 딸들을 나른하게 만들었는데. 이제 그 바람은 사라졌어. 그 바람만이 도시를 정화할 유일한 수단이었는데. 높으신 분들은 결코 어떤 일도 일어나지 않을 것이라 말해왔지만, 다른 사람들의 말이 맞았어, 무슨 일이 일어나 버렸어. 결국 벗어나야만 하는 그때가 도래했어, 우리를 재앙 속에 가두기 전에 지체 없이 도망쳐야 해.

두 번째 전령 모든 필수 식료품은 이제부터 일체 당국의 통제하에 유통된다. 다시 말해 새로이 건설된 사회에 속하며 충성심을 입증하는 모든 거주민에게 최소한의 수량을 공평하게 배분할 것이다.

제1의 성문이 닫힌다.

세 번째 전령 앞으로 매일 밤 아홉 시부터 소등을 시행한다. 어떠한 사유를 막론하고 정식 통행증을 소지하지 않은 자는 공공장소에 체류하거나 시내 도로를 통행할 수 없다. 통행증은 극도의 예외적인 경우에 한해 임의의 결정에 의거하여 발급된다. 이 조치를 위반할 경우 법에 의거하여 엄벌에 처함.

목소리들, 점점 커지며

— 성문들이 폐쇄될 거야.
— 성문들이 모두 닫혔다.
— 아니야, 전부 닫힌 건 아니야.

코러스 아! 아직 열려 있는 성문으로 달려가자. 우리는 바다의 후예들. 바다로 가자, 우리가 가야 할 곳으로 가자, 성벽도 성문도 없는 곳으로, 입술처럼 싱그러운 모래가 깔린 순결한 해안으로 가자, 전부 눈에 담기 지칠 만큼 광활한 경치를 가진 곳으로. 바람을 맞이하러 달려나가자. 바다로! 어서 빨리 바다로, 자유로운 바다로, 물이 씻겨 주고 바람이 구출해주는 바다로!

목소리들 바다로! 바다로 가자!

대탈출의 행렬이 분주히 일어난다.

네 번째 전령 역병에 감염된 환자가 발생할 경우 관계당국에 신고해야 하며, 일체의 구조 행위는 엄격히 금지한다. 특히 가족 구성원 중에 환자가 발생할 경우 적극적인 고발을 장려하며, 고발인에게는 '애국 포상'의 명목으로 일반 배급량의 두 배에 달하는 식료품으로 보상한다.

제2의 성문이 닫힌다.

코러스 바다로! 바다로 가자! 바다가 우리를 구하리라. 역병도 전쟁도 모두 막아 주리라! 수많은 권력의 흥망을 바다는 보았네! 바다는 붉은 아침놀과 푸른 저녁놀을 보여주고, 저녁에서 새벽까지, 별들이 넘실거리는 한밤 내내 그칠 줄 모르는 파도 소리를 들려줄 뿐이네!

오, 고독이여, 사막이여, 소금의 세례여! 바다 앞에 홀로, 바람을 맞으며, 태양을 마주하자. 그리하면 마침내 묘지처럼 밀폐된 저 도시들로부터, 공포에 질겁한 인간들의 굳은 표정으로부터 해방되리라. 어서! 어서 가자! 그 누가 인간과 그들의 공포로부터 나를 구해줄 것인가? 한 해의 정점에서, 온갖 과실들과 변함없는 자연, 너그러운 여름 속에서 나는 행복했었다. 나는 이 세상을 사랑했다, 거기에는 에스파냐와 내가 있었다. 하지만 이제 더 이상 파도 소리는 들리지 않네. 남은 것은 비명, 공황, 욕지거리, 무기력감뿐이야. 수고와 불안에 짓눌려 고단한 우리의 형제들, 그 무게에 짓눌려 이제는 안아 올릴 수도 없는 형제들만이 남았어. 그 누가 내게 망각의 바다를, 먼 바다의 부드러운 물살을, 그 위의 물길과 지워진 항적을 찾아 줄까. 바다로 가자! 성문이 닫히기 전에, 바다로!

어느 목소리 서둘러! 시체 옆에 있었던 그 사람을 건드리지 마!

어느 목소리 벌써 표식이 생겼다!

어느 목소리 저리 비켜! 떨어지라고!

그들이 그 남자를 때려눕힌다. 제3의 성문이 닫힌다.

어느 목소리 오! 전능하시고 가혹하신 신이시여!

어느 목소리 서둘러! 필요한 것만 챙겨, 매트리스 그리고 새장을 챙겨! 개 목줄을 잊지 마! 시원한 박하 단지도 챙겨. 바다로 가는 길에 씹어야 하니까!

어느 목소리 도둑이야! 도둑 잡아! 저놈이 내 결혼 때 받은 자수 식탁보를 훔쳐갔어!

도둑을 쫓는다. 도둑을 붙잡는다. 도둑을 때려눕힌다.

제4의 성문이 닫힌다.

어느 목소리 그건 감춰, 얼른, 우리 먹을 식량이니까 감춰!

어느 목소리 떠날 채비를 못 해서 그래, 형제여, 빵 한 조각만 줄래? 그 대신 자개를 입힌 기타를 줄게.

어느 목소리 이 빵은 내 자식들에게 줄 거야, 네가 말하는 형제 몫으로 남은 빵은 없다고. 한 핏줄이라도 등급이 있기 마련이니까.

어느 목소리 빵 한 조각만 줘, 가진 돈 전부를 줄게!

제5의 성문이 닫힌다.

코러스 서둘러라! 열린 성문은 하나밖에 남지 않았다! 재앙은 우리를 가뿐히 앞서간다. 재앙은 바다를 증오하고, 우리가 바다로 가려는 것을 원치 않는다. 밤은 고요하고, 별들은 돛대 위로 흐른다. 이곳에서 페스트가 무얼 하려는가? 페스트는 우리를 자신에게 복종하기를 원한다, 그것이 페스트가 우리를 사랑하는 방식이다. 페스트는 자신의 뜻대로 우리가 행복하기를 바라지만, 그건 우리가 원하는 것이 아니라 페스트가 원하는 방향이다. 그 행복이란 강요된 기쁨이자, 서슬 퍼런 삶, 항구적인 행복이다. 모든 것이 더 이상 변하지 않게 되었고, 우리는 더 이상 과거와 같이 입술을 훑는 서늘한 바람을 느낄 수 없네.

어느 목소리 사제님, 저희를 두고 떠나지 마세요. 저희는 사제님밖에 없어요.

사제가 달아난다.

빈자 사제가 도망친다! 사제가 도망친다! 나도 같이 데려가요! 나를 돌보는 게 당신의 역할 아닌가요! 나는 사제님 없으면 죽은 거나 마찬가지라고요!

사제는 달아나 사라져 버린다. 빈자는 쓰러져 외친다.

빈자 에스파냐의 가톨릭 신자들이여, 그대들은 버림받았다!

다섯 째 전령 (또박또박 분명히 말한다) 끝으로, 이번 포고령은 앞선 명령들을 종합하는 것이다.

페스트와 비서는 시장 앞에서 미소를 띠며 서로 축하한다는 듯 고개를 끄덕인다.

다섯 째 전령 공기를 통한 감염의 예방을 목적으로, 대화 행위 또한 감염의 경로가 될 수 있으므로 거주민은 모두 초를 적신 헝겊을 입안에 항시 물고 있어야 한다. 이는 역병으로부터 보호할 수 있을 뿐만 아니라 거주민들의 신중한 언동 및 침묵에 도움이 되는 조치다.

전령의 대사가 끝나자마자 각자는 손수건을 입속에 넣는다. 사람들의 목소리와 동시에 오케스트라의 소리가 동시에 줄어든다. 여러 사람의 목소리로 시작된 코러스는 곧 한 명의 목소리로 끝을 맺게 된다. 그때 마지막 행위가 완전한 침묵 속에 진행된다. 사람들의 볼은 크게 부풀려 있고, 입은 굳게 닫혀 있다.
마지막 성문이 완전히 봉쇄된다.

코러스 불행하여라! 불행하여라! 이제 우리만이, 페스트와 함께 남았다! 마지막 성문도 닫혀 버렸다! 어떤 소리도 들리지 않는다. 바다는 이제는 너무 멀어졌다. 지금부터, 우리는 고통 속에 놓인 채로 나무며 물도 없는 비좁은 도시 안에서 빙빙 맴돌 뿐이다. 높고 반질반질한 문들은 굳게 잠겼고, 울부짖는 군중이 뒤엉킨다. 끝내 카디스는 살육의 의식이 수행될 검붉은 싸움터가 되었구나. 형제들이여, 우리가 지은 죄에 비해 그 형벌이 너무나 가혹하다, 우리가 이런 감옥에 갇힐 만큼 죄를 지었단 말인가! 우리의 마음이 순결하지는 않았으나, 우리는 세계와 여름을 사랑하였다. 이것만으로도 구원받기에는 충분하지 않겠는가! 바람은 멎어 들고 하늘은 텅 비었다! 오래도록 우리는 침묵하며 살게 되었다. 마지막으로, 우리의 입을 독재의 재갈이 막기 전에, 사막의 복판에서 외쳐 보자.

울부짖는 소리에 이어 침묵.

오케스트라는 더 이상 소리를 내지 않고 종소리만 남는다. 혜성의 웅웅대는 소리가 조금씩 다시 시작된다. 총독궁에서는 페스트와 비서가 다시 등장한다. 비서가 앞으로 나오며 한 발짝을 내딛을 때마다 한 사람의 이름에 줄을 긋고, 이에 맞추어 타악기가 박자를 맞춘다. 나다의 비웃음이 들리며 시신을 실은 첫 번째 수레가 삐걱대며 지나간다.

페스트는 무대 배경의 가장 높은 곳에 서서 어떠한 손짓을 한다. 움직임과 소리 모든 것이 멈춘다.

페스트가 말한다.

페스트 내가 바로 지배자다. 이는 사실이며, 당연한 권리다. 이론의 여지가 없는 권리이므로 그대들은 이에 맞추어 적응해야만 한다.

마찬가지로, 제대로 알아야 할 것이, 나는 나만의 방식으로 통치한다는 것이다. 따라서 내가 기능한다고 말하는 편이 더 정확할 것이다. 당신들 에스파냐 사람들은 다소간 낭만적인 경향이 있어서 손쉽게 나를 암흑의 왕이니 아니면 화려한 모양새의 곤충같이 볼 수도 있겠지. 마음을 흔드는 것에 이끌리는 게 그대들 천성 아닌가! 그러나 천만에! 전혀 아니다. 나는 왕홀을 들지도 않으며, 언뜻 보기에는 여느 하사관 같은 행색을 하고 있다. 이것이야말로 당신들의 기분을 불쾌하게 만드는 나만의 방식이다. 왜냐하면 당신들은 마땅히 불쾌해야 하기 때문이다. 당신들은 모조리 처음부터 다시 배워야 한다. 당신들의 왕은 손톱에 까무잡잡한 때가 끼어 있고, 딱딱한 제복 차림이다. 옥좌에 앉지 않고, 평범한 의자에 앉을 뿐이다. 병영이 궁궐을 대신하며, 사냥터의 천막이 재판정이다. 계엄은 선포되었다.
그러니 명심해라, 내가 도착하는 순간 감동적인 것은 더 이상 없다. 그따위 감동은 금지된다. 그 밖의 몇 가지 쓸데없는 것들, 예컨대 행복을 원하는 우습기만 한 초조함, 사랑에 빠진 이들의 얼빠진 얼굴, 풍광에 취하는 이기적인 작태, 불경한 풍자 행위 등도 마찬가지다. 이 모든 것들의 빈자리에 나는 조직을 이식한다. 처음에는 불편할 수도 있겠지만, 끝에 가서는 탁월한 조직이 너절한 감동 따위보다 훌륭하다는 것을 알게 될 것이다. 이렇듯 탁월한 생각을 실행하기 위해, 남자와 여자를 분리하는 조치를 시행할 것이다. 나의 명령은 법률이 규정하는 것과 동등한 효력을 지닌다.

민병대원들이 지시에 따른다.

페스트 원숭이 같은 그대들의 나태한 태도는 이제 끝이다. 이제부터는 진지해질 차례다!
그대들이 이미 내 말뜻을 이해하였다고 생각한다. 오늘부터 그대들은 질서정연하게 죽는 법을 배울 것이다. 지금까지 그대들은 에스파냐 식으로 죽어 왔다. 질서가 하나도 없이, 말하자면 대중없이 죽은 것이다. 날씨가 덥다가 갑자기 추워졌다는 이유로 죽고, 노새가 발을 헛디뎠다는 이유로 죽고, 피레네 산맥[14]의 능선이 파랗게 되었다는 이유로 죽고, 고독한 자들은 봄의 과달키비르 강[15]이 매력적이라는 이유로 죽었다. 금전적 이익이나 명예를 근거로 사람을 죽이는 배워 먹지 못한 자들이 있어서 죽었다. 논리적인 유희를 위해 사람을 죽이는 것이 더욱 분별 있는 행동인데도 말이다. 그래, 그대들은 잘못된 방식으로 죽었다. 여기서 죽고 저기서 죽고, 침대에서 죽지를 않나 싸움터에서 죽지를 않나. 아주 사상이 문란한 자들이었다. 그러나 다행스럽게도, 이러한 무질서는 이제부터 관리될 것이다. 모두는 단 하나의 방식으로 죽을 것이며 이는 오직 하나의 명단에 의해 올바른 순서대로 수행된다. 그대들은 신상을 정리한 카드를 저마다 받게 될 것이다. 더 이상 변덕스럽게 죽는 일은 없을 것이다. 드디어 운명이란 것이 현명해져서 제대로 집무를 보게 된 것이다. 그대들은 앞으로 통계에 포함될 것이며 마침내 어딘가 쓸모 있게 사용될 것이다. 그리고 말해 주는 것을 잊었는데, 그대들은 죽는다, 당연하다. 하지만 죽은 뒤에, 아

---

14 에스파냐와 프랑스가 마주하는 경계를 따라 이어지는 491km 길이의 이 산맥은 유럽과 이베리아 반도를 가르며 예로부터 자연적인 국경을 형성하였다.

15 657km 길이의 이 강은 안달루시아 지방을 지나는 가장 긴 강이자, 에스파냐에서 다섯 번째로 긴 강이다. 선박이 통행하기 적합하여 예로부터 수운에 이용되었으며, 오늘날에도 대형 선박들이 내륙 도시인 세비야까지 통행이 가능하다.

니면 그 전에라도 즉시 화장되어야 한다. 이것이 깨끗한 처리 방식이고 또한 계획의 일부다. 에스파냐부터 우선적으로 실행할 것이다!

잘 죽기 위에 줄을 맞추어 선다는 것, 바로 이것이 요점이다! 그 대가로 그대들에게 호의를 베풀겠다. 다만 주제넘는 생각을 하거나, 그대들의 표현대로 머릿속에서 광기를 일으키거나, 사소한 흥분으로 경거망동하는 일이 없기를 바란다. 나는 이러한 자아도취를 제거하고 그 자리에 논리를 이식하였다. 차이와 비이성은 질색이다. 오늘부터, 그대들은 합리적인 사람이 될 것이다, 다시 말해 그대들은 배지를 차고 다녀야 할 것이다. 서혜부에 표식이 나타난 자라면, 감염자라는 사실이 쉽게 식별될 수 있도록 겨드랑이 밑에 페스트의 별을 달아야 한다.[16] 다른 이들, 자신은 아무 관계가 없다고 믿으며 일요일에 투우장으로 가 줄을 서는 이들은 너희들을 의심의 눈초리로 보며 기피할 것이다. 그러나 슬퍼하지는 마라. 그들도 관련이 있다. 그들도 명단에 올라와 있으며 나는 그 누구도 빠트리지 않는다. 모두가 의심의 대상이라는 것, 이것으로부터 통치가 시작된다.

나아가, 이 모든 조처들이 감정을 금지하는 것은 아니다. 나는 새를 사랑하며, 처음 피는 제비꽃을 아끼고, 어린 소

16 림프선 페스트의 경우 잠복기가 지나면 겨드랑이나 서혜부를 지나는 림프선이 부어오르며 통증을 느끼는 증상이 발생한다.

녀들의 싱싱한 입술을 사랑한다. 때로는 그런 것들이 기분 전환에 도움이 되는 데다, 사실 나는 진짜 이상주의자다. 내 속마음은… 갑자기 감성적인 느낌이 드는데, 이쯤해서 그만두도록 하지. 한번 내용을 요약해 보자. 나는 그대들에게 침묵과 질서와 절대적인 정의를 제공한다. 그대들에게 감사 인사를 요구할 생각은 없다. 그대들을 위해 내가 하는 일은 지극히 당연한 것이다. 다만 나는 그대들의 적극적인 협조를 바란다. 내 임무는 이제 시작되었다.

막

2부

카디스의 어느 광장. 무대 하수에는 묘지지기의 거처가 있다. 상수에는 부두가 있다. 부두 근처에는 판사의 집이 있다.

막이 걷히면 죄수복을 입은 사람들이 죽은 자를 매장하기 위해 시체들을 거둔다. 무대 뒤편에서 짐수레의 삐걱거리는 소리가 들려온다. 짐수레는 무대 가운데까지 와서 멈춘다. 죄수들은 수레에 시체를 싣는다. 짐수레가 묘지지기의 거처를 향해 이동한다. 짐수레가 묘지 앞에 멈춘 그때, 군악이 들리고 묘지지기의 집 한쪽 벽면이 객석을 향해 열린다. 집의 내부는 학교의 실내체육관과 유사하다. 비서가 그곳에 주인처럼 앉아 있다. 그보다 약간 낮은 곳에는 식량 배급표를 교부하는 데 사용하는 것으로 보이는 탁자들이 놓여 있다. 탁자들 중 한 탁자의 뒤편에는 흰 턱수염을 기른 시장이 공무원들에게 둘러싸여 있다. 군악 소리가 더욱 커진다. 반대편에서는 위병들이 민중을 묘지지기의 집 앞까지 몬 다음, 성별을 나누어 따로 데려간다. 무대 중앙에 조명. 궁 꼭대기에서 페스트가 인부들을 지휘한다. 인부들은 무대 주변에서 움직임이 느껴질 뿐 그 실체가 보이지 않는다.

페스트 자자, 제군들, 서두르라고. 이 도시에서는 뭘 하려고 해도 정말 모두가 느려 터졌단 말이야, 사람들이 일머리가 없어. 노는 것만 좋아하는 게 뻔히 보이니 원. 아무것도 안 하는 건 나로서는 명령에 의해서나 아니면 줄을 서서 대기할 때나 가능한 일이란 말이야. 그럴 때 아무것도 안 하는 건 뭐라고 안 해, 신경을 쓸 일도 발을 놀릴 일도 없으니까. 말하자면 목적 없는 휴식이란 말이지. 서두르라고! 감시탑을 빨리 세워야 해, 제대로 된 감시가 작동하고 있지 않아. 마을 주위로 뾰족한 울타리를 쳐야 돼. 사람마다 생각하는 봄이 다른 법. 나에게 있어서 봄은 쇠로 된 장미가 피는 계절이야. 다들 쇳물을 만들 불을 지펴라. 그 불은 환희의 불이다. 위병들! 내가 주목하는 집들마다 별 문양을 붙여라. 그리고 당신, 자네는 명단을 준비하고 거주민들의 존재를 입증하는 증명서를 만들도록 해!

페스트가 반대쪽으로 퇴장한다.

어부 (코러스 대장 역할이다) 존재 증명서라니, 도대체 무엇에 쓰는 것인가?

비서 무엇에 쓰냐고요? 존재 증명서 없이 어떻게 산단 말이죠?

어부 그런 거 없이도 여태껏 잘만 살아왔는데요.

비서 통치를 받으며 살지 않았으니까 그렇죠. 이제부터는 통치를 받는 겁니다. 그리고 우리 정부의 주요 방침은 늘 증명서가 필요하게끔 한다는 거예요. 빵이나 아내 없이 생활할 수는 있어도, 정식으로 발급된, 무엇이든 증명해주는 증명서 없이는 살 수 없는 법. 그걸 우리가 해결해준다는 거예요!

어부 우리 집안은 삼 대째 그물을 치는 일을 하며 살아왔고, 그 일을 문제없이 해 왔습니다. 그런 종이 쪼가리 없이도 말이에요. 내 맹세합니다!

어느 목소리 우리 집은 대대로 푸줏간 일을 해 왔어요. 양 잡는 일에 증명서 따위는 필요 없어요.

비서 그러니까 당신들이 무정부 상태에서 살아왔다는 거예요! 우리가 푸줏간을 금지하려는 건 아니라는 걸 알아 두세요, 그 반대라고요! 그저 거기에 완벽하게 회계 업무를 도입한 거죠. 그게 우리 정부의 장점이랍니다. 그물을 쳐서 고기를 잡는 일만 해도, 우리들만큼 이골이 난 사람이 없다는 걸 알게 될 거예요.
시장님, 서류 양식은 가지고 있죠?

시장 여기 있습니다.

비서 위병, 저분 좀 이리로 모셔 와요!

위병이 어부를 이동시킨다.

시장 (읽는다) 이름, 성, 직업.

비서 그건 다 아는 것이니 넘어가고요. 빈 칸은 본인이 직접 채

우세요.

시장 이력.

어부 모르겠는데요.

비서 당신이 살아오면서 거쳐 온 중요한 일들을 적으라는 거예요. 당신이 어떤 사람인지 알 수 있는 방식이죠!

어부 내 인생은 내 것이요. 사적인 것이죠, 다른 사람과는 아무 상관없어요.

비서 사적이라고? 그런 말은 우리에게 안 통해요. 이제부터 중요한 건 당신의 공적인 삶이죠. 게다가 당신에게 허용된 유일한 것도 그것이에요. 시장님, 구체적으로 물어보세요.

시장 결혼 여부는?

어부 1931년에 했소.

시장 결혼 동기는?

어부 동기라니! 기가 막혀서 원!

비서 항목에 포함된 내용이에요. 개인적인 것으로 내버려 두지 않고 공적인 것으로 기록하는 좋은 방법이죠.

어부 남자들이야 다 하는 일이니 나도 결혼을 한 거죠.

시장 이혼했소?

어부 아니오, 사별했소.

시장 재혼은?

어부 안 했소.

비서 왜요?

어부 (소리치며) 내 아내를 사랑했으니까요.

비서 독특하네! 왜요?

어부 만사가 다 설명이 됩니까?

비서 잘 조직된 사회에서는 당연하죠!

시장 전과 기록은?

어부 그건 또 뭐요?

비서 절도나 위증, 강간과 같이 유죄 판결을 받은 적이 있냐는 거예요.

어부 전혀 없소!

비서 선량한 사람이네요, 그럴 줄 알았어요! 시장님, 이렇게 적어 두세요. '요주의 인물'.

시장 시민의식은?

어부 난 언제나 이웃들을 위해 헌신했소. 가난한 사람이 오면 생선 한 마리라도 챙겨 주지 않고 보낸 적이 없어요.

비서 그런 식의 대답은 허용되지 않습니다.

시장 아! 그것에 대해서는 제가 설명드릴 수 있습니다! 시민의식이란, 비서께서도 아시겠지만 제 전문이거든요! 이보게, 생각을 해 보게, 자네는 현존하는 질서를 그것이 존재한다는 이유만으로 잘 지키는 사람인가?

어부 그래요, 그 질서라는 게 합당하고 이치에 맞으면 지키죠.

비서 수상한데! 시민의식은 수상하다고 적어 놓으세요! 마지막 질문으로 넘어가죠.

시장 (간신히 읽으며) 존재 이유는?

어부 도대체 무슨 말인지, 돌아가신 어머니도 기가 차서 무덤에서 일어나시겠군.

비서 무슨 말이냐면 당신이 어떤 이유로 사는지 답하라는 거예요.

어부 이유라! 사람이 사는 데 이유가 필요합니까?

비서 그것 봐요! 시장님, 잘 적어 두세요, 이 사람은 자신의 존재가 정당화될 수 없다는 걸 인정했어요. 유사시에 우리 업무가 한결 수월해질 겁니다. 그리고 당신, 당신에게 발급된 존재 증명서가 왜 한정된 기간 내에만 유효하도록 임시 발급되었는지를 잘 알게 될 겁니다.

어부 임시 발급이든 뭐든, 집에서 가족이 기다리고 있으니 얼른 내놓기나 해요.

비서 그럼요! 다만 그 전에, 당신은 건강 증명서를 제출해야 해요. 2층 사무국 유예과 부속실에 가서 몇 가지 절차만 밟으면 됩니다.

어부는 퇴장한다. 그때 시체를 실은 짐수레가 묘지 입구에 도착하고, 시체를 내리기 시작한다. 그런데 술에 취한 나다가 소리를 지르며 짐수레에서 뛰어내린다.

나다 아니, 나는 안 죽었다니까!

사람들이 나다를 다시 짐수레에 실으려 한다. 나다가 그들로부터 벗어나 묘지지기의 집으로 들어간다.

나다 아니, 이게 뭐 하는 거야! 죽었는지 아닌지 보면 몰라! 아! 죄송합니다.

비서 괜찮아요. 이리 와보세요.

나다 저 사람들이 나를 짐수레에 실었어요. 난 그냥 많이 취한 것뿐인데, 그게 다예요! 나를 말소시켜 버리려고!

비서 뭘 말소시켜요?

나다 전부 다지, 아가씨! 말소는 하면 할수록 좋거든. 만일 전부 말소해 버린다면, 이곳은 천국이 될 거야! 저기, 연인들 좀 봐! 연인들은 징글징글해! 저런 사람들이 내 앞에 지나가면 나는 침을 뱉어 버려. 물론 등 뒤에서. 왜냐하면 나한테 복수하려 드는 사람들도 있거든! 그리고 아이들, 저 너저분한 것들! 그리고 멍청하게 생겨 먹은 꽃들하며, 도무지 좋게 볼 수 없는 강들까지! 아! 말소해야 돼, 말소해 버려! 이게 내 철학이다 이거야! 신은 이 세상을 부정하지만, 나는 신을 부정한다! 이 세상 유일하게 남을 만한 가치가 있는 허무 만세!

비서 그런데 어떻게 전부 말소하죠?

나다 마시는 거야, 죽어서 모두 사라질 때까지 마시면 돼!

비서 좋지 않은 방식인데요! 우리 방식이 더 낫군요! 이름이 뭐죠?

나다 무.[17]

---

17 스페인어로 '나다nada'는 '없음' 또는 '무'를 뜻하는 명사이다.

비서 뭐라고요?

나다 무.

비서 당신 이름을 물어본 거예요.

나다 그게 내 이름이야.

비서 좋은데! 그런 이름을 가진 사람이라면 우리와 할 일이 많겠군! 이쪽으로 와 봐요. 우리 왕국의 공무 집행자로 기용하겠어.

어부 등장.

비서 시장님, 우리 친구 나다 씨에게 업무를 가르쳐 주세요. 그동안에, 거기, 위병들, 당신들은 나가서 우리 배지를 팔아 와요. (비서는 디에고 쪽으로 향한다) 안녕하세요, 배지 하나 사실래요?

디에고 무슨 배지인데요?

비서 보시다시피 페스트의 배지죠. (사이)[18] 사실 안 사도 상관없어요. 의무는 아니거든요.

디에고 그럼 됐습니다.

비서 좋아요. (빅토리아 쪽으로 향하며) 당신은요?

빅토리아 나는 당신이 누군지도 몰라요.

비서 알겠어요. 다만 이 배지의 착용을 거부하는 사람들은 다

18 서구 극본에서 휴지를 뜻하는 'pause'라는 용어를 한국어로 순화한 표현이다. 대사를 말할 때 음악 악보에서의 쉼표와 동일한 기능을 한다고 볼 수 있다.

른 배지를 착용할 의무가 있다는 걸 명심해요.

디에고 어떤 배지요?

비서 그러니까, 배지의 착용을 거절한 사람들을 위한 배지요. 이렇게 하면 한눈에 상대방이 어떤 사람인지를 알 수 있죠.

어부 실례합니다만….

비서 (디에고와 빅토리아로부터 등을 돌리며) 그럼 또 봐요! (어부에게) 또 뭔데요?

어부 (점점 더 화를 내며) 2층으로 갔는데요, 그 사람들이 나더러 존재 증명서가 없으면 건강 증명서를 내 줄 수 없으니, 다시 돌아가서 발급을 받고 오라는 거예요.

비서 그거야 당연하죠!

어부 뭐요, 당연하다고요?

비서 그래요, 그게 바로 이 도시가 제대로 통치받고 있다는 증거라고요. 확신컨대, 당신은 유죄예요. 체계도 없이 통치를 받았기에 유죄라고요. 물론 당신 스스로가 유죄라는 것을 알아야 해요. 지칠 대로 지치지 않으면 자신들이 유죄임을 알지 못할 테니. 그러니까 우리가 당신을 지치게 만드는 거고요. 당신이 끝내 지치게 되면, 나머지 일은 잘 해결될 거예요.

어부 그 존재 증명서인지 뭔지 하는 건 그래서 받을 수 있긴 한가요?

비서 원칙적으로는 안 돼요. 존재 증명서를 받기 위해서는 우선 건강 증명서가 요구되니까요. 어째 방법이 없어 보이네요.

어부 그래서요?

비서 그래서, 우리 기분에 달린 일이라는 거예요. 하지만 기분이라는 게 다 그렇듯이 시도 때도 없이 바뀌는걸요. 특별히 아량을 베풀어서 이번에는 증명서를 발급해 주겠어요. 유효기간은 딱 일주일이에요. 일주일 뒤에는 그때 가서 보죠.

어부 뭘 보는데요?

비서 유효기간을 갱신할 근거가 있는지를 봐야죠.

어부 근거가 없으면요?

비서 당신 존재는 더 이상 보장되지 못하니, 분명 줄을 그어 버리는 절차를 이행해야겠죠. 시장님, 이 증명서의 사본을 열세 통 작성해 주세요.

시장 열세 통이나요?

비서 네! 발급자에게 한 통 주고 열두 통은 공무 집행에 필요하니까요.

무대 중앙에 조명

페스트 아무 소용도 없는 대규모 공사를 시작하자. 비서, 당신은 추방 대상자와 강제수용 대상자의 비율을 적절하게 맞춰 줘. 가용할 수 있는 노동력이 충분하도록 무고한 사람들을 유죄로 만들어야 해. 죄질이 무거운 자들은 추방해 버려! 노동력이 부족하게 될 거야, 틀림없어! 거주민들의 전수조사는 어떻게 되었나?

비서 진행 중이에요. 모두 순조롭게 진행되고 있어요. 착한 사람들이 제 의중을 이해한 것 같아요!

페스트 이봐, 자네는 너무 빨리 경계심을 푸는 게 문제야. 남들이 자신을 이해해 주기를 바라잖아. 그건 자네가 맡은 직무에 적절치 못한 태도야. 자네 말대로 그 착한 사람들은 무엇도 이해하지 못했어, 그렇다고 그게 중요한 건 아니야! 중요한 건 그들이 이해했는지가 아니라, 스스로를 집행하는 것이 가능한가의 문제야. 봐! 이것 참 정확한 표현 아닌가, 안 그래?

비서 어떤 표현이요?

페스트 스스로를 집행한다는 표현 말이야.[19] 자, 그대들은 집행되는 거다, 집행되거라! 이야! 정말 마음에 드는 표현이군!

비서 대단해요!

페스트 대단하지! 어떤 의미로도 쓸 수 있거든! 우선 처형의 의미가 있는데, 얼마나 마음에 드는 의미야. 그리고 처형당하는 자가 스스로 자신의 처형에 협조한다는 뜻이니, 이게 바로 훌륭한 정부가 가지는 목표이자 통치를 강화하는 수단이 아니겠어!

19 s'exécuter. '집행하다'와 함께 '사형을 집행하다'라는 뜻을 가지고 있는 exécuter 동사의 재귀적 용법으로, 스스로의 사형을 집행한다는 의미 또한 가지고 있다.

무대 안쪽에서 소음.

페스트 저게 뭐야?

여성 코러스원들이 동요한다.

비서 여자들이 난리를 벌이는 거예요.

코러스 이 여자가 할 말이 있다고 해요.

페스트 나와 보시오.

한 여자 (앞으로 나오며) 내 남편은 어디 있나요?

페스트 남편이라! 이게 바로 인간적인 마음이라는 건가! 남편에게 무슨 일이 있었나?

여자 집에 돌아오지 않았어요.

페스트 흔한 일이지. 걱정은 하지 마. 이미 제 잠자리를 찾은 거겠지.

여자 그 사람은 진정한 남자이고, 스스로를 존중하는 사람이에요.

페스트 당연히 불사조 같은 사람이겠지! 비서, 한번 알아봐.

비서 성과 이름!

여자 성은 갈베즈, 이름은 안토니오예요.

비서는 자신의 수첩을 보고 페스트에게 귓속말로 이야기한다.

비서　　아, 그래! 살아는 있네요, 안심하세요.

여자　　살아는 있다니?

비서　　호사를 누리며 살고 있다고요!

페스트　　그래, 시끄럽게 구는 몇 놈들하고 추방해 버렸어. 목숨은 건드리지 않았다고.

여자　　(뒤로 물러나며) 무슨 짓을 한 거예요?

페스트　　(신경질적으로) 강제수용 조치를 진행했지. 지금까지 그놈들은 제멋대로 흩어져서는 방정맞게 살아왔어, 말하자면 줏대 없이 살았다는 뜻이야! 이제부터는 더 단단하게, 한 곳에 모여 집단생활을 하게 된 거야!

여자　　(자신을 맞이하는 코러스 쪽으로 도망친다) 아! 끔찍해! 어떻게 나한테 이런 일이!

코러스　　끔찍하다! 어찌 우리에게 이런 일이!

페스트　　조용히 해! 그렇게 가만히 서 있지 마! 뭐라도 해! 일을 해야지! (꿈을 꾸듯이) 저들은 스스로 집행하고, 열심히 일하고, 집단 수용한다. 문법이란 정말 유용한 것이야, 어느 상황에서든 활용할 수 있거든!

나다가 시장과 함께 앉아 있는 묘지지기의 집에 불이 서둘러 들어온다. 나다의 앞에는 민원인들이 줄지어 있다.

한 남자　　생활비가 올라서 월급만으로는 충분하지 않아요.

나다　　우리도 알고 있어, 여기 새 급여표를 만들었다. 이제 막

완성되었지.

남자 몇 퍼센트나 인상된 건가요?

나다 (읽는다) 아주 간단하지! 급여표 제 108호. “각 직업별 급여액 평가절상 명령. 본 명령은 기본급 제도를 폐지하고, 기대소득의 최대치를 실수령할 자격이 귀속되는 호봉간 이동을 무조건적으로 자유화한다. 각 호봉은, 급여표 제 107호에 의거하여 명목상으로 인상된 급여분의 경우 그것이 규정에 의해 산정되었더라도 감산함으로써, 앞서 폐기된 기본급에 의하여, 실질적 급여 개정과 관련없이 산출한다.”

남자 그렇다면 도대체 얼마나 늘었다는 말인가요?

나다 늘어나는 건 나중 문제고, 지금은 급여표만 나온 상태야. 급여표 하나만 늘어난 셈이지, 이게 다야.

남자 그따위 급여표를 가지고 뭘 하겠다는 속셈인데요?

나다 (소리치며) 이거나 먹고 떨어지라고! 다음 사람. (다른 남자가 입장한다) 가게를 열고 싶다고? 좋은 생각이야, 좋아. 아! 그러면, 이 양식을 채우는 것부터 시작하지. 손가락에 잉크를 묻혀, 여기다 지장을 찍어. 완벽해.

남자 손은 어디서 씻을 수 있나요?

나다 손을 어디서 씻을 수 있냐고? (그는 서류를 뒤적인다) 어디에도 그런 건 안 나와 있는데. 그런 건 규정에 나타나 있지 않다고.

남자 그렇다고 이렇게 있을 수는 없잖아요.

나다 안 될 게 뭐야? 까놓고 말해서, 당신한테는 마누라를 만질 권리도 없는데, 그게 무슨 문제가 되냐고. 그리고, 당신한테는 오히려 잘 된 거지.

남자 뭐요, 잘 됐다고?

나다 그래. 망신을 당하게 되니까 잘 된 거지. 다시 가게 얘기나 하자고. 제5호 총칙과 관련한 제16호 고시 제62장 제208조와 별칙과 관련한 제15호 고시 제207조 제27항 중에 어떤 조항을 적용받고 싶나?

남자 조항인지 나발인지 그런 내용은 뭐가 뭔지 모르겠다고요!

나다 그렇겠지, 이 인간아! 나도 그런 건 모르니까. 나도 몰라. 아무튼 결정을 하긴 해야 하니까, 당신한테는 두 조항 모두 적용해 보도록 하지.

남자 그거 좋네요, 나다, 고마워요.

나다 고마워하진 마. 왜냐면 한쪽 조항을 적용하게 되면 당신은 가게를 차릴 수 있는 권리가 부여되지만, 마찬가지로 다른 쪽 조항을 적용하게 되면 당신네 가게에서 물건을 팔 수 있는 자격을 잃게 되거든.

남자 그게 무슨 말이에요?

나다 명령이다!

한 여자가 넋이 나간 표정으로 들어온다.

나다 당신은 무슨 일이지?

여자 내 집이 징발되었어요.

나다 잘 됐군.

여자 집을 무슨 관청 사무실처럼 만들어 놨다고요.

나다 그거야 당연하지!

여자 그들이 새 거처를 마련해 주겠다고 약속했지만, 지금 길바닥에 나앉게 됐어요.

나다 그것 봐, 그들도 다 생각이 있었구만!

여자 그래요. 하지만 신청서를 제출해서 그게 승인이 되어야 한대요. 그때까지 저는 아이들과 길바닥 신세로 지내야 한다고요.

나다 그러니까 당연히 신청서를 내야지. 이 양식을 채워 와.

여자 (서류를 받으며) 빨리 처리될까요?

나다 당신이 긴급한 상태임을 증명할 수만 있다면야 일 처리가 빨리 될 수 있지.

여자 그게 뭔데요?

나다 길바닥에 나앉는 일을 막는 게 당신한테 긴급한 일이라는 걸 증명하는 서류를 말하는 거야.

여자 우리 아이들이 비를 피할 지붕도 없는 상황인데, 아이들에게 집을 마련해 주는 것보다 더 급한 일이 어디 있겠어요?

나다 당신네 자식들이 길가에 나앉았다는 이유만으로 집을 줄 수는 없어. 당신이 증명서를 제출한다면 집을 제공해 줄 수는 있지. 그건 별개의 문제라고.

여자 그런 말은 살면서 처음 들어 봐요. 악마나 그런 식으로 말하죠, 아무도 당신 말을 이해하지 못할 거예요!

나다 당연하지, 이 여편네야. 똑같은 언어로 말을 하더라도, 누구도 말뜻을 이해하지 못하도록 하는 게 목적이니 말이야. 당신한테 똑똑히 말해 두겠는데 우리 정부는 지금 아무리 떠들더라도 상대편으로부터 어떠한 반응도 얻지 못하는 상태를 모두가 경험하게 되는 완벽한 상태에 도달하고 있어. 하나의 도시에서 서로 날을 세우는 두 개의 언어가 어찌나 집요하게 서로를 파괴하는지 결국에는 모두가 침묵과 죽음이라는 최후의 목표를 현실로 만들기 위해 나아가는 그런 상태를 말이야.

여자 (다 함께) 정의라는 것은 아이들이 배고픔을 달래고 추위에 떨지 않는 것. 정의라는 것은 우리의 어린 자녀들이 살아가게 하는 것. 나는 내 자식들을 기쁨의 땅 위에 낳았지. 바다는 아이들에게 세례의 물을 부어 주었어. 아이들에게 다른 재물은 필요 없어. 아이들을 위해 내가 바라는 것은 오직 일용할 양식과 빈자들의 유일한 권리인 잠뿐이야. 하찮은 그것들말고 바라는 것이 없는데도 당신은 거절해. 당신이 불행한 이들에게 빵을 주는 것까지 거절한다면 그 어떤 보화로도, 현란한 말솜씨로도, 은밀한 약속으로도 당신은 용서받을 수 없을 거야.

나다 (다 함께) 서서 죽느니 무릎 꿇으며 사는 걸 택하리. 세계는 고요한 죽음과 이제부터 명령에 충실할 개미떼들이 함께 공유하는 교수대의 직각으로 이루어진 질서를 찾을 것이야. 초원도 빵도 없는 이 청교도적인 지상낙원에는, 서류와 영양가 있는 양식들로 호사를 누려온 이들이, 훈장을 주렁주렁 매단 만물의 파괴자이자 지난날의 너무나 달콤했던 광기들을 지우는 데 몰두한 신 앞에 엎드린 가운데, 커다란 날개를 단 경찰 천사들이 날아다니네.

나다 허무여 영원하라! 그 누구도 서로를 이해할 수 없게 되었다. 그 즉시 우리들은 완벽한 상태가 되었구나!

무대 가운데에 조명. 들쭉날쭉한 오두막들과 철조망, 망루 그리고 기타 살기 가득한 시설들 몇몇이 보인다. 디에고가 마스크를 쓴 채 쫓기는 듯한 모양새로 들어온다. 디에고는 시설들과 민중, 페스트를 본다.

디에고 (코러스를 향해) 에스파냐는 어디로 간 거지? 카디스는 어디로 갔나? 이 무슨 해괴한 풍경이란 말인가! 우리들은 사람들이 살 수 없는 다른 세상에 떨어져 버렸구나. 왜 그대들은 말이 없지?

코러스 우리는 두려워요! 아! 바람이라도 불어왔더라면….

디에고 나 또한 두려워. 무서운 만큼 소리를 지르는 게 좋아! 소리를 질러 보자, 그럼 바람이 답할 테니.

코러스 우리들은 일전에는 한 나라의 민중이었건만 지금은 집 없는 패거리가 되었다! 과거에는 부탁을 받았으나, 이제는 강요만이 남았다! 전에는 빵과 우유를 맞바꾸었는데, 이제는 배급받으며 산다! 우리는 오도 가도 못하는 처지다! (제자리에서 발을 구른다) 우리는 발을 구르며, 아무도 남을 돕지 못한다고, 우리들의 자리에서 벗어나지 못한 채, 타인들이 정해준 그 위치에서 기다릴 수밖에 없는 처지라고 말한다! 소리를 지른들 무슨 소용일까? 우리 여자들은 마음을 현혹하던 꽃과 같던 미모를 잃었다, 에스파냐는 사라졌다! 우리는 갇혔다! 갇혔다! 아, 괴롭다! 우리가 스스로를 짓밟는구나! 폐쇄된 도시 속에서 숨이 막힌다! 아! 만일 바람이 불어왔더라면….

페스트 이제 머리가 돌아가는군. 가까이 와, 디에고. 이제는 이해했겠지.

하늘에서 인간 말소가 이루어지는 소리.

디에고 우리는 죄가 없다!

페스트가 웃음을 터뜨린다.

디에고 (소리친다) 우린 무죄라고, 망나니야, 내 말 알아듣겠어? 무죄라고!

페스트 무죄라! 모르겠는데.

디에고 그렇다면, 한번 붙자. 강한 쪽이 살아남을 테니.

페스트 강한 쪽이라면, 나겠네, 무죄 양반. 잘 봐.

페스트가 손짓하자 위병들이 디에고 쪽으로 향한다. 디에고는 도망친다.

페스트 아! 저자를 놓치면 안 돼! 도망치는 자들은 모두 우리 소유다! 표식을 남겨 놔.

위병들이 디에고의 뒤를 쫓는다. 이중 무대 위에서 추격을 상징하는 판토마임. 호루라기 소리. 경보 사이렌.

코러스 한 쪽은 도망친다! 그는 무서워하고, 무섭다고 말한다. 그는 자제력을 잃고, 광기에 사로잡힌다! 그러나, 우리는 침착을 되찾는다. 우리는 관리되고 있다. 다만 고요한 사무실 안에서 우리는 속마음과 달리 얌전히 억눌려 있었던 기나긴 절규를 듣는다. 그 외침은 우리에게 정오의 태양 아래 바다를, 저녁 갈대의 향기를, 우리 아내들의 고운 팔을 이야기한다. 우리의 얼굴은 접착제로 붙인 듯 딱딱하게 굳어 버리고, 걸음은 세어가며 걷고, 일과는 엄격하게 정해져 있어. 다만 우리 가슴은 침묵을 거부한다. 명단도, 군번 같은 등록 번호도, 끝없이 늘어진 성벽도, 창가의 쇠창살도, 총부리가 솟아오르는 첫새벽도 거부한다. 어둠과 숫자로 만들어진 무대에서 벗어나 피난처를 되찾기 위한 듯이, 집에 다다르기 위해 달려가는 사람처럼 거부한다. 그러나 유일한 은신처란 성벽으로 가로막힌 바다뿐이야. 저 바람이 불어온다면 우리도 드디어 숨통이

트일 텐데….

디에고가 결국 어느 집에 몸을 던진다. 위병들이 문 앞을 막고 보초를 선다.

페스트 (소리치며) 그자에게 표식을 남겨라! 그 집에 있는 전부에게 남겨! 저자들이 아직 다 하지 못한 말이 화를 일으킬 수 있다! 저들은 더 이상 항의할 수 없게 되었어도, 침묵이 이를 갈고 있다! 저들의 입을 짓눌러 으깨 버려! 어느 때건 같은 말만 반복해 대며 마침내 우리가 요구하는 말 잘 듣는 민중이 될 때까지 입에 재갈을 물리고 우리의 신조를 주입시켜.

무대 천장에서 각종 구호들이 마치 확성기를 통한 것처럼 울려 퍼진다. 이 소리는 반복될수록 더욱 커지면서 입을 닫고 있는 코러스를 압도하다가, 끝내 소리가 그치고 완전한 침묵이 도래한다.

— 하나의 페스트, 하나의 민중!
— 집결하라, 집행하라, 분투하라!
— 두 개의 자유보다 하나의 훌륭한 페스트가 낫다!
— 추방하라, 고문하라, 그래도 언제나 무언가는 남는다!

판사의 집에 조명.

빅토리아 안 돼요, 아버지. 감염되었다는 이유만으로 나이든 유모를 넘겨서는 안 돼요. 저를 키워주고, 불평도 않고 아버지에게 봉사했던 사람이 유모라는 사실을 잊으신 거예요?

판사 이미 내가 결정한 일인데, 누가 감히 대드느냐?

빅토리아 아버지라고 해서 모든 걸 결정하실 수는 없어요. 고통에도 결정권이 있으니까요.

판사 이 집을 건사하고 역병이 쳐들어오는 걸 막는 게 내가 할 일이야. 나는….

갑자기 디에고 등장.

판사 여기가 어디라고 함부로 들어와?

디에고 무서워서 급한 대로 들어오게 됐습니다! 페스트로부터 도망쳐 오는 길입니다.

판사 페스트에게서 벗어날 수는 없어, 자네는 벌써 그 표식을 달고 있지 않는가. (판사는 방금 디에고의 겨드랑이 밑에 생긴 상흔을 손가락으로 가리킨다. 침묵. 멀리서 두세 번 호루라기 소리가 울린다) 이 집에서 나가게.

디에고 저 좀 살려주세요! 저를 내쫓으시면, 저들이 저를 다른 감염자들 사이에 집어넣을 것이고, 그렇게 되면 그대로 죽을 거라고요.

판사 나는 법에 종사하는 사람이다. 너를 받아들일 수는 없어.

디에고 과거의 법에 몸담으신 거죠. 아버님은 새로운 법과는 아무 관계가 없어요.

판사 내가 법을 지키는 것은 법의 내용 때문만은 아니네. 그것이 법이니까 지키는 거지.

디에고 그 법이 범죄를 가리킨다면요?

판사 범죄가 법이 된다면 그건 더 이상 범죄가 아닌 것이지.

디에고 그렇다면 미덕을 단죄해야 할 판이군요!

판사 분명, 그렇게 해야겠지, 만일 미덕이 건방지게 법을 검토하려 든다면.

빅토리아 아버지, 아버지를 움직이게 하는 것은 법이 아니라 두려움인 거예요.

판사 이자도 마찬가지로 두려워하고 있어.

빅토리아 하지만 디에고는 아직 무엇도 배반하지 않았어요.

판사 배반하게 될 거야. 누구나 두려움을 느끼기 때문에 배반하기 마련이지. 그 누구도 순결하지 않기 때문에 두려움을 느끼는 것이고.

빅토리아 아버지, 저는 이 사람과 함께하기로 했어요, 아버지도 허락하셨고요. 어제 이 사람을 허락하셨으면서 오늘 제게서 도로 앗아가실 수는 없어요.

판사 나는 너의 결혼을 허락한 것이 아니다. 네가 집을 나가는 것을 허락한 것이지.

빅토리아 아버지가 저를 사랑하지 않는다는 건 잘 알아요.

판사 (빅토리아를 보며) 여자들은 하나같이 끔찍하군.

누군가 난폭하게 문을 두드린다.

판사 무슨 소리냐?

위병 (밖에서) 용의자를 은닉한 죄로 이 집은 봉쇄한다. 모든 거주자가 감시 대상이다.

디에고 (웃음을 터트리며) 참 선한 법이기도 하지, 안 그런가요? 그런데 이 상황은 새로운 법으로 인해 생긴 일이니 아버님도 전혀 모르셨을 테지요. 판사에, 피고, 증인까지, 우리 모두 같은 처지가 되었네요!

판사의 부인, 어린 아들과 딸 입장.

부인 현관을 봉쇄해 버렸어요.

빅토리아 집이 봉쇄됐어.

판사 저자 때문이다. 내 저놈을 고발해야겠다. 그리하면 봉쇄를 해제하겠지.

빅토리아 아버지, 명예를 생각해서라도 그렇게 하시면 안 돼요.

판사 명예는 남자들의 문제지, 그런데 이 도시에 남자가 남아 있긴 하느냐.

호루라기 소리가 들리고, 달려가는 소리가 가까이 들려온다. 디에고가 귀를 기울이다가 겁에 질린 눈으로 사방을 살피고는 갑자기 판사의 아들을 붙잡는다.

디에고 잘 봐요, 판사 영감! 조금이라도 움직이면, 당신 아들의 입에 페스트 자국을 문질러 버릴 거요.

빅토리아 디에고, 그건 비겁한 짓이야.

디에고 이 도시에 비겁한 사람들 천지인데 비겁하지 않은 게 어디 있어.

부인 (판사에게 매달리며) 카사도, 하라는 대로 해요! 저놈이 원하는 대로 해주겠다고 약속하라고요.

판사의 딸 안 돼요, 아버지, 들어주지 마세요. 저 사람 일은 우리와 관련이 없어요.

부인 얘 말은 듣지 마요. 제 남동생을 싫어하는 걸 당신도 알잖아요.

판사 얘 말이 맞아. 우리와는 관련없는 일이야.

부인 당신도 마찬가지군요, 내 아들을 미워하고 있어요.

판사 '내 아들'이라, 거참.

부인 오! 예전에 용서한 일을 다시 끄집어내다니 당신 남자도 아니군요.

판사 나는 용서한 적 없어. 법에 의해서 다른 사람들 눈에 저 아이 아빠처럼 보이게 노릇을 했을 뿐이지.

빅토리아 엄마, 그게 사실이에요?

부인 너도 나를 경멸하는구나.

빅토리아 아니에요. 모든 게 동시에 무너지고 있어서요. 정신이 혼란해요.

판사는 문을 향해 한 걸음 나아간다.

디에고 정신이 혼란해도, 법이 정신을 지탱해주죠, 안 그런가요, 판사님? 우리는 모두 같은 처지니까요! (판사의 아들을 자기 앞에 세운다) 너도 마찬가지야. 그러니 우정을 담아 키스를 해 주지.

부인 잠시만, 디에고, 부탁이야! 저이처럼 모질게 행동하지 말아줘. 저이도 마음을 풀 거야. (부인은 문 쪽으로 달려가서 판사의 앞을 막아선다) 당신이 양보할 거죠, 그렇죠?

판사의 딸 아빠가 양보를 왜 해요, 그리고 저 잡종은 왜 우리 집에서 자리를 차지하고 있는 건데요!

부인 닥쳐, 질투에 눈이 멀어 사악하기 짝이 없구나. (판사에게) 당신은 곧 늙어 죽을 운명이니 이 세상에서 바랄 것이란 잠과 평화 말고는 그 무엇도 없다는 걸 잘 알겠죠. 지금 일을 이렇게 방치하다가는 침대에 외롭게 남아 잠도 제대로 자지 못한다는 걸 당신도 잘 알잖아요.

판사 내 곁에는 법이 있지. 법이야말로 내게 휴식을 준다고.

부인 그놈의 법은 무슨 얼어 죽을 법? 나한테도 중요한 권리가 있어요. 사랑하는 사람끼리 서로 떨어지지 않을 권리, 죄지은 사람이 용서를 받을 권리, 그리고 뉘우친 자가 명예를 되찾을 권리 말이에요! 네, 당신의 그 잘난 법에는 침을 뱉겠어요. 전에 어느 대위가 당신에게 결투를 신청했을 때 비겁한 구실을 대며 도망쳤을 때, 거짓으로 병역을 기피했을 때도 법이 당신 편에 서 주던가요? 악랄한 고용주를 상대로 소송을 걸었던 젊은 여자를 당신 침대로 유인하려고 했을 때도 그 잘난 법이 당신을 위해 있던가요?

판사 닥쳐, 당신.

빅토리아 엄마!

부인 아니, 빅토리아, 엄마는 닥치지 못하겠다. 내 평생 입 닫고 살아왔다. 내 명예를 위해서 그랬고, 신의 자비를 위해 그랬다. 그런데 명예란 게 이제 하나도 남지 않았어. 내 아들의 머리카락 한 올이 하늘에 계신 신보다도 귀중하단 말이다. 그러니 이제는 입 닫고 살지 않으련다. 이 사람에게 적어도 이 말만은 해야겠다. 당신 같은 사람 편에는 권리가 함께하지 않는다고. 당신도 잘 알겠지만, 권리란 고통받고 신음하면서도 희망을 잃지 않는 사람들의 편에 있으니까요. 권리는, 약삭빠른 자나 돈에 눈이 먼 자와는, 함께하지 않아요.

디에고가 판사의 아들을 놓아준다.

판사의 딸 그래서 엄마한테는 불륜도 권리였어요?

부인 (소리치며) 내 잘못을 온 세상에 소리쳐 말할지언정, 부정하지는 않아. 하지만 그동안의 비참한 삶에서 깨달은 건, 육체는 실수를 범하기 마련이지만 마음은 범죄를 저지른다는 거야. 뜨거운 사랑에 홀려 저지른 실수는 동정받을 만한 가치가 있다고.

딸 암캐 같은 년들이나 동정하라지!

부인 그래! 암캐들에게는 즐기기 위해, 그리고 새끼를 배기 위해 배가 있는 거야!

판사 여보! 당신의 변론은 적절치 않소! 이자 때문에 우리 집안이 갈라지게 되었으니 내 고발하겠어! 법의 이름으로, 그리고 증오의 이름으로 이자를 고발해서 두 배로 만족을 느낄 거야.

빅토리아 드디어 진실을 말씀하시다니 딱하기도 하셔라. 아버지는 지금까지 증오에 입각해 판결을 내리시고는 법의 이름을 들먹이셨죠. 제아무리 최고의 가치를 지닌 법이라 해도 아버지의 입을 거치면 역겨운 맛이 난다고요. 왜냐하면 아버지의 그 입이란 누구도 진심으로 사랑해본 적 없는 가시 돋친 입이니까요. 아! 구역질 나고 숨 막혀! 자, 디에고, 네 팔로 우리 모두를 안아 줘, 다 같이 썩어 죽어 버리자. 저 사람은 계속 살게 내버려 둬, 사는 것 자체가 벌이니까.

디에고 건드리지 마. 이렇게 되어 버린 우리가 부끄러워.

빅토리아 나도 부끄러워. 부끄러워 죽고만 싶어.

디에고가 갑자기 창문을 넘어 뛰쳐나간다. 판사도 달려간다. 빅토리아는 숨겨진 문을 통해 밖으로 빠져나간다.

부인　　부어오른 상처가 끝내 터져 버리는 때가 왔구나. 우리들만 이 겪는 일은 아니지. 이 도시 전체가 같은 병에 걸렸는걸.

판사　　개 같은 년!

부인　　저것도 판사라고!

암전. 묘지지기 집에 조명. 나다와 시장이 밖으로 나가려 한다.

나다　　모든 지역의 지휘관들에게 관할 주민들을 대상으로 새 정부에 대한 지지를 묻는 투표를 진행하라는 명령이 내려졌어요.

시장　　쉬운 일이 아닌데. 몇몇은 반대에 투표를 할 위험이 있으니까!

나다　　아니에요, 적절한 원칙을 따르게 하면 돼요.

시장　　적절한 원칙?

나다　　적절한 원칙에 따르면 투표의 자유가 있지요. 다시 말하면 정부를 지지하는 표만이 자유로운 권리행사로 간주될 수 있는 거예요. 다른 표에 관해서는, 선택의 자유에 영향을 미칠 것으로 예상되는 숨겨진 장애물들을 제거하기 위해서, 우선 득표에서 제외된 무효표의 3분의 1에 해당하는 비율에 비례해서, 우리가 아닌 다른 걸 선택해서 분리된 표들의 수를 연동시킨 다음, 선호투표제의 방식으로 계산해서 다른 표들은 앞서 계산한 비율에 맞춰 반영

비율을 절하하면 됩니다.[20] 깔끔하죠?

시장　저, 깔끔은 한데…. 아무튼 알겠어요.

나다　시장님, 역시 말귀를 잘 알아듣네요. 이해를 했든 안 했든 간에, 이 방식으로 결정된 이상 정부에 적대적인 표들은 무슨 일이 있어도 무효표로 간주돼야 한다는 걸 잊지 마세요.

시장　하지만 당신이 투표는 자유롭게 시행된다고 말했잖아요?

나다　그럼요, 그건 맞죠. 단지 반대표는 자유로운 투표에 해당되지 않는다는 원칙에서 출발한다는 겁니다. 그런 표는 감정적으로 선택된 결과이고, 그 말인즉 격렬한 감정에 사로잡혀 제대로 된 판단을 하지 못했다는 뜻이니까.

시장　거기까지는 생각하지 못했는데!

나다　그건 당신이 자유란 무엇인지에 대해서 제대로 된 사상이 박혀 있지 않기 때문이지.

무대 가운데에 조명. 디에고와 빅토리아가 달려와 무대 앞쪽에 이른다.

디에고　도망치고 싶어, 빅토리아. 어디로 가서 내 역할을 다해야 하는지도 모르겠어. 정말 모르겠어.

---

20 페스트를 뽑지 않은 다른 표를 무효표의 3분의 1 비율에 맞추어 반영비율을 낮춘다는 말이다. 즉 페스트를 뽑지 않은 표는 실제 득표에서 1표당 0.33표의 가치를 지니게 된다. 나다의 대사는 전혀 상식적으로 맞지 않는 방식으로 득표수를 계산하는 방식을 어려운 전문용어를 동원해 중언부언함으로써 권력을 획책하기 위해 부정선거를 일삼는 페스트의 정부를 풍자하고 있다.

빅토리아 내게서 떠나지 마. 당신의 의무는 사랑하는 사람 곁에 머무는 거야. 마음 단단히 가져.

디에고 하지만 나 스스로에 대해 실망한 마당에 너를 사랑하는 건 정말 오만한 일인걸.

빅토리아 누가 너 스스로를 실망하게 만들었는데?

디에고 항상 흐트러짐 없는 너지 누구야.

빅토리아 아! 우리 둘의 사랑을 위해서라도 그런 말은 하지 마. 그러지 않으면 나는 당신 앞에 쓰러져서 당신에게 내 비겁한 모습을 전부 보여주고 말 테니까. 당신 말은 사실이 아니거든. 난 당신 생각만큼 그렇게 강한 사람이 아니야. 나는 빈틈이 많아, 당신에게 내 자신을 내맡겼던 때를 생각할 때면 내 자신이 초라해. 누군가가 당신 이름을 부르는 걸 듣기만 해도 내 가슴이 울컥해지던 그때는 어디로 간 걸까? 당신을 보기만 해도 내 마음속에서 "대지의 신이여"라며 외치는 목소리가 들렸던 그때는 또 어디로 간 걸까. 그래, 나는 나약한 사람이야, 비겁한 후회 때문에 죽을 만큼 괴로워. 그런데도 지금 이렇게 서 있는 이유는, 사랑이 부추기는 힘이 나를 앞으로 밀어붙이고 있기 때문이야. 하지만 당신이 사라진다면, 나를 지지하는 힘은 사라질 것이고 그러면 나는 넘어지겠지.

디에고 아! 너를 끌어안을 수만이라도 있다면, 그리고 내 손발을 너의 손발과 연결한 채 끝없는 잠 속으로 깊이 빠져들 수만 있다면!

빅토리아　그렇게 해.

디에고가 빅토리아 쪽을 향해서 천천히 걸어간다. 빅토리아 또한 디에고를 향해 걸어간다. 둘은 서로 눈길을 떼지 않는다. 그들이 서로 껴안으려는 그때, 비서가 둘 사이로 난입한다.

비서　당신들 뭐 하는 거예요?

빅토리아　(소리치며) 보다시피 사랑을 하고 있잖아요!

하늘에서 끔찍한 소리.

비서　쉿! 입 밖에 꺼내서는 안 되는 말이 있어요. 당신도 그런 말은 금지되었다는 걸 알고 있을 텐데요. 이걸 봐요.

비서는 디에고의 겨드랑이 밑을 쳐서 두 번째 표식을 남긴다.

비서　그전까지 당신은 감염 의심자였지요. 이제 당신은 확실한 감염자입니다. (비서는 디에고를 바라본다) 유감이네요. 대단한 미남인데. (빅토리아에게) 미안해요. 하지만 난 여자보다는 남자를 더 좋아해서요, 남자들과는 통하는 구석이 있거든요. 그럼 이만.

디에고는 자신의 몸에 새로이 새겨진 표식을 공포에 사로잡혀 바라본다.

그는 정신 나간 사람처럼 주위를 둘러보다가, 빅토리아에게 달려가 온몸으로 힘껏 껴안는다.

디에고 아! 너의 아름다운 모습이 싫어, 내가 죽은 뒤에도 여전할 테니까! 다른 놈들한테나 좋은 일이지!

디에고는 온 힘을 다해 빅토리아를 껴안는다.

디에고 봐! 앞으로 난 혼자가 아니야! 나와 함께 죽어서 썩는 게 아닌 이상 네 사랑이 무슨 소용이겠어?

빅토리아 (발버둥치며) 아프잖아! 나를 놔 줘!

디에고 아! 내가 무섭구나! (미친 사람처럼 웃으며 빅토리아를 놓아준다) 사랑의 검은 말(馬)들은 어디로 갔어? 좋을 때는 사랑을 축복하고, 불행이 다가오면 도망쳐 버렸나! 제발 나와 함께 죽어줘!

빅토리아 당신과 죽겠어, 하지만 당신의 적인 채로 죽고 싶지는 않아! 증오와 두려움으로 얼룩진 당신의 지금 그 얼굴이 싫어! 나를 놔 줘! 과거의 다정했던 당신의 모습을 내가 찾을 수 있게 해 줘. 그러면 내 마음이 다시 입을 열 거야.

디에고 (빅토리아를 반쯤 놓아주며) 혼자 죽는 건 원하지 않아! 내게 이 세상 가장 값진 것이 나를 저버리고 나와 함께하는 걸 거부하고 있어!

빅토리아 (디에고에게 몸을 내던지며) 아! 디에고, 그래야만 한다면 저승이라도 가겠어! 당신 돌아왔구나…. 내 다리가 당신 다리 곁에서 이렇게 떨고 있어. 내 몸 깊은 곳에서 솟아나는 외침을 막을 수 있게 내게 키스해 줘, 지금 몸 밖으로 나오려고 해, 나와…. 아!

디에고는 열정을 다해 빅토리아에게 키스한다, 그러고는 빅토리아에게서 떨어져 떨고 있는 그녀를 무대 가운데에 남겨 둔다.

디에고　나를 봐! 아니, 아직 아니야, 감염되지 않았구나! 표식이 없어! 이 광란이 도대체 언제 끝나는 걸까!

빅토리아　돌아와, 나는 지금 추워서 떨고 있어! 방금 전까지만 해도 당신 가슴이 내 손을 뜨겁게 달구고, 내 몸을 흐르는 피가 불꽃처럼 이글거렸는데! 그런데 지금은….

디에고　안 돼! 내가 혼자 있게 내버려 둬. 이 고통에서 시선을 돌릴 수는 없어.

빅토리아　돌아와! 내가 바라는 건 오직 한 가지, 당신과 같은 열병에 걸려 내 몸을 불사르고, 같은 고통에 아파하며 한목소리로 소리치는 것밖에 없어!

디에고　안 돼! 이제부터 나는 다른 사람들과 살 거야, 표식이 생긴 사람들과 말이야! 그들의 고통은 내게는 끔찍하고 역겨워서 지금까지는 접촉하는 것조차도 꺼려졌었어. 그런데 결국, 나도 그들과 같은 불행 속에 빠졌어, 그들은 나를 필요로 해.

빅토리아　만약 당신이 죽게 된다면 나는 당신의 몸을 덮어줄 흙마저도 부러워할 거야.

디에고　당신은 여기 있으면 안 돼, 산 자들 곁으로 가!

빅토리아　만약 당신이 나를 오래도록 껴안아줄 수 있다면, 나도 당신과 함께할 수 있어!

디에고　그자들은 사랑을 금지해 버렸어! 아! 온 힘을 다해서 당신을 추억하고 있어!

빅토리아　안 돼! 안 돼! 제발! 저들이 무엇을 원하는지 알았어. 저들의 속셈은 사랑을 불가능한 것으로 만들려는 거야. 하지만 나는 그걸 극복할 거야.

디에고　나는 아무래도 극복할 수 없겠어. 당신과 함께 나누고 싶었던 건 이런 패배감이 아니었는데!

빅토리아　나는 멀쩡해! 나는 사랑밖에 몰라! 아무것도 무섭지 않아, 하늘이 두 쪽이 난다 해도, 당신 손을 쥐고만 있을 수 있다면 나는 행복을 소리치며 내 한몸 기꺼이 바치겠어.

울부짖는 소리가 들린다.

디에고　다른 사람들도 저렇게 소리치고 있어!

빅토리아　나는 죽는 한이 있더라도 듣지 않을 거야!

디에고　봐!

짐수레가 지나간다.

빅토리아　내 눈에는 아무것도 안 보여! 사랑이 내 눈을 가리고 있어.

디에고　하지만 하늘을 채운 고통이 위에서 우리를 짓누르고 있는걸!

빅토리아　나는 내 사랑을 붙잡고 있기에도 바빠! 다른 사람들의 고통까지 내가 부담할 수는 없다고! 그런 건 남자의 일이야, 쓸모없고 하나 마나 한데도 기어코 고집을 부리며 붙잡는 그런 일들 중 하나라고. 당신과 같은 남자들은 그런 일들은 신경 쓰면서도 아주 어렵고 고독한 투쟁 같은 일은 외면하지. 분명 자랑으로 여길 만한 단 하나의 승리가 될 텐데도.

디에고　우리에게 가해지는 부당한 일들 말고 이 세상에서 우리가 맞서야 할 것은 뭘까?

빅토리아　당신 안의 그 불행! 그걸 해결하면 나머지는 저절로 해결될 거야.

디에고　나는 혼자야. 혼자 감당하기는 너무나 큰 불행이야.

빅토리아　내가 당신 곁에 있잖아, 무기를 손에 들고서!

디에고　당신은 어쩜 그리 아름다울까, 내가 단지 두려움에 빠지지만 않았더라면 당신만을 진정으로 사랑했을 텐데!

빅토리아　나를 사랑할 마음을 계속 간직했더라면, 지금처럼 당신이 두려워하지는 않았을 텐데!

디에고　나는 당신을 사랑해. 하지만 무엇이 옳은 일인지는 모르겠어.

빅토리아　두려움을 갖지 않는 게 옳은 일이야. 내 마음은 두렵지 않아! 내 마음은 밝고 높이 타오르는 한 줄기 불꽃으로, 마치 산지기들이 서로 안부를 묻기 위해 쓰는 봉화처럼 이글거리고 있어. 내 마음도 마찬가지로 당신에게 안부를 묻고 있어…. 맞다, 오늘은 세례자 요한 축일[21]이야!

디에고 시체더미에 둘러싸인 축일이라니!

빅토리아 시체더미든 초원이든, 내 사랑이라면 문제될 게 없잖아? 적어도 사랑은 누군가에게 해를 가하지는 않아, 사랑은 관대하지! 당신의 광기, 당신의 쓸데없는 희생은 도대체 누구를 위한 거지? 나는 아니야, 나는 아니라고. 아무튼, 당신이 말을 할 때마다 나는 칼에 찔리는 것같이 아파!

디에고 울지 마, 정신 차려! 오 괴롭다! 어쩌다가 이런 재앙이 닥친 걸까? 예전만 같으면 타오르는 입술로 네 눈물의 쓴맛을 다 마셔버렸을 텐데. 올리브 나무에 달린 나뭇잎의 수만큼이나 당신의 얼굴에 키스했을 텐데!

빅토리아 아! 당신, 원래대로 돌아왔구나! 그게 바로 당신이 잠시 잊었던, 우리들만의 언어야! (빅토리아가 손을 잡는다) 정말 당신이 맞는지 한번 볼래….

디에고는 표식을 가리키며 뒷걸음친다. 빅토리아는 손을 내민 채 주저한다.

---

21 6월 24일을 말한다. 세례자 요한 축일에는 유럽의 민간 전통으로 계승되어 온 하지 축제와 결합되어 성대한 축제가 열린다. 특히 밤에 횃불 또는 모닥불에 불을 밝혀 악을 정화하는 의식이 유명하다.

디에고　　당신도 마찬가지로 무서워하는 거야….

빅토리아가 표식에 손을 가져다 댄다. 디에고는 놀라 물러선다. 빅토리아가 두 팔을 내민다.

빅토리아　　당장 이리 와! 더 이상 두려워하지 말고!

그러나 신음 소리와 저주의 주문을 외는 소리가 고조된다. 디에고는 정신 나간 사람처럼 주위를 살펴보더니 달아난다.

빅토리아　　아! 떠났구나!

여자들의 코러스　　우리 여자들은 수호자들이지! 그러나 이 사태는 우리의 능력을 벗어났고, 끝나기만을 바랄 뿐이다. 겨울이 올 때까지, 자유의 시간이 도래할 때까지, 남자들의 울부짖음이 그치는 날에 그들은 돌아와 결코 포기할 수 없는 것을 우리에게 요구하는 그날까지, 우리는 자유로웠던 바다의 추억, 여름의 깨끗한 하늘, 사랑의 영원한 향기들과 같은 우리만의 비밀을 지킬 거야. 여기 우리는 9월의 가을비를 맞는 낙엽처럼 기다려. 낙엽은 잠시 허공에 떠 올랐다가, 물에 젖어 대지 위에 들러붙어. 우리도 지금은 땅바닥에 바싹 붙어 있어. 등을 굽히고, 온 전쟁의 절규가 숨이 차 끝내는 멎어 들기를 기다리며, 우리는 내면 깊은 곳에서 들려오는, 행복의 바다에서 되밀려오는 느릿한 파도의 고요한 울먹임을 듣고 있어. 잎이 져 헐벗은 아몬드 나무가 서리꽃으로 뒤덮일 때, 우리는 희망이 일으키는 첫 바람에 곧바로 반응하여 시나브로 일어설 것이며, 곧 두 번째 봄이 도래할 때 허리를 펴고 설 거야. 그날이 오면 우리가 사랑하는 이들이 우리에게 걸어올 거고, 그들이 가까이 다가올수록, 우리는 소금기와 물기로 범벅이 된, 깊은 향기를 지닌 무거운 낚싯배들이 밀물에 의해 서서히 들려져 끝내 깊은 바다 위로 떠오르는 것처럼 일어설 거야. 아! 바람이 불어온다면, 바람이 불어온다면….

암전.

부두에 조명. 디에고가 등장하고 저 멀리 바다 쪽에 언뜻 보이는 사람을 향해 소리친다. 무대 안쪽에서 남자들의 코러스.

디에고 이봐! 이봐!

어느 목소리 이봐! 이봐!

어느 뱃사공이 등장한다. 그의 머리만이 부두 위로 솟아나 보인다.

디에고 뭘 하고 있소?

뱃사공 식량을 옮기고 있소.

디에고 도시로?

뱃사공 아니오, 도시는 원칙적으로 정부에서 식량을 보급하고 있소. 당연히 배급권을 활용해서. 나는 빵과 우유를 옮기고 있소. 저기 먼 바다에 배 몇 척이 닻을 내리고 있는데, 몇 가족들이 감염을 피해서 스스로 틀어박힌 채 지내고 있소. 나는 그들의 편지를 가지고 나왔다가 식량을 실어다 주는 거요.

디에고 그건 불법일 텐데.

뱃사공 정부에서는 불법이라고는 하지만. 나는 글을 읽을 줄 모르는 데다가 전령들이 새 법을 발표할 때에 나는 바다에 있어서 듣지 못했소.

디에고 나도 실어 주시오.

뱃사공 어디로?

디에고 바다에. 배들이 있는 곳에.

뱃사공 그거야말로 금지된 일인데.

디에고 당신은 읽지도 못하고 듣지도 못했잖소.

뱃사공 아! 정부가 금지했다는 게 아니라, 배에 있는 사람들이 그랬다는 말이오. 당신에 대해 안심할 수 없으니.

디에고 안심할 수 없다니?

뱃사공 결국 당신이 그들에게 옮길 수도 있는 문제니까.

디에고 뭘 옮긴다는 거요?

뱃사공 쉿! (주위를 살핀다) 병균이지 뭐겠소! 당신이 그들에게 병균을 옮길 수도 있거든.

디에고 내 부르는 대로 값은 치르겠소.

뱃사공 고집은 그만 부리시오. 내 천성이 연약해서.

디에고　　돈은 얼마든지 있으니까.

뱃사공　　양심을 걸고 약속하는 거요?

디에고　　그럼.

뱃사공　　타시오. 지금 물때가 좋소.

디에고가 배에 오른다. 그때 비서가 디에고의 등 뒤에 나타난다.

비서　　안 돼요! 당신은 배에 올라서는 안 돼요.

디에고　　뭐요?

비서　　예정에 없는 일이에요. 게다가, 나는 당신을 알아요, 당신은 도망칠 사람이 아니죠.

디에고　　누구도 내가 떠나는 걸 막지 못해.

비서　　내가 마음먹으면 충분히 막을 일인걸요. 내가 막아야겠어요. 당신에게 용건이 있거든요. 내가 누군지는 잘 알겠죠!

비서는 디에고를 끌어올린다는 듯이 뒤로 물러선다. 디에고가 비서를 따른다.

디에고　　죽는 건 아무렇지 않아. 하지만 더럽게 죽는 것은….

비서　　알아요. 이봐요, 나는 그저 명령에 따라 움직이는 사람일 뿐이에요. 하지만 동시에 당신에 대한 몇 가지 권한을 부여받았죠. 말하자면 거부권이라고나 할까요.

비서가 수첩을 뒤적인다.

디에고 나와 같은 부류의 사람은 오직 대지의 뜻에 따를 뿐이오!

비서 내가 하고 싶은 말도 그거예요. 어떤 맥락에서는 당신은 내 것이라는 거죠! 어떤 맥락에서만 그렇다는 뜻이에요. 어쩌면 내가 바라는 그런 맥락에서는 아니겠지만…. 이렇게 당신을 볼 때면 말이에요. (솔직한 태도로) 당신도 알다시피, 나는 당신이 마음에 들어요. 하지만 나는 명령에 매인 신세라서요.

비서는 장난하듯 수첩을 만지작거린다.

디에고 당신의 미소를 보느니 당신의 증오를 받는 게 더 낫겠어. 당신은 경멸스럽소.

비서 좋을 대로 생각해요. 사실, 당신과 이렇게 대화를 나누는 건 규칙에 적합하지 않아요. 내가 피로해서 그런지 감정적인 상태가 되어 버렸네요. 하루 종일 계산만 하다가, 오늘 같은 저녁 시간을 보내면 긴장이 풀리기도 하죠.

비서는 손가락으로 수첩을 돌린다.
디에고는 수첩을 가로채려 한다.

비서 안 돼요. 정말, 당신, 고집부리지 마요. 무슨 내용을 보고 싫어서 그래요? 그냥 수첩이에요, 그 이상도 아니고요, 이것저것 정리해 놓은 거죠, 반은 다이어리처럼, 반은 서류철처럼요. 일정표도 있고요. (비서는 웃는다) 한마디로 메모장이다, 이거예요!

비서는 마치 애무라도 하려는 듯 디에고의 손을 잡는다.
디에고는 뱃사공 쪽으로 몸을 피한다.

디에고　아! 벌써 가 버렸다니!

비서　어, 정말 갔네! 본인 생각에는 자신이 자유로운 상태라고 생각하나 보죠. 사실 다른 사람들처럼 등록된 처지인데.

디에고　당신들이 하는 말은 이중적이야. 잘 알겠지만 그건 남자들이 참기 어려운 행동이거든. 그따위 말은 집어치워, 제발.

비서　그래도 이렇게 말하는 게 당연한 거고 나는 사실만 말해요. 어떤 도시든지 저마다의 서류철로 정리가 되어 있죠. 이건 카디스에 해당하는 거예요. 우리 조직은 아주 완벽해서 어느 누구라도 누락하는 법이 없다는 걸 분명히 밝히죠.

디에고　그 누구도 누락하는 법이 없다지만, 모두가 당신들에게서 도망치는걸.

비서　(화가 나서) 무슨 말도 안 되는! (비서가 생각에 잠긴다) 그렇지만, 예외는 있죠. 가끔 한 명 정도는 빼먹을 수 있으니까. 하지만 결국에는 드러나고야 말죠. 사람이 백 살이 넘어

장수하면 여기저기 자랑하기 마련인데, 바보 같은 짓이에요. 결국에는 신문에 나거든. 기다리기만 하면 돼요. 아침이 되면 신문을 이 잡듯이 살펴보고, 그들의 이름을 적어 두죠. 우리들이 쓰는 표현으로는 대조한다고 하죠. 그러니 당연히 누구도 벗어날 수 없죠.

디에고 그 말은 다시 말하면 백 년을 사는 동안 당신들을 받아들이지 않았었다는 뜻이 되지, 이 도시 전체가 당신들을 부정하듯이 말이오!

비서 백 년은 아무것도 아니죠! 눈앞에 있는 것만이 전부라고 생각하는 당신에게는 그게 대단한 것처럼 느껴질지는 모르겠지만. 나는요, 눈앞에 있는 것만이 아니라 전체를 바라본다고요, 무슨 말인지 알겠죠? 삼십칠만이천 명의 이름이 적힌 명단 속의 고작 한 사람이라 해봤자, 그게 뭐 어떻다는 건가요, 아무리 그 사람이 백 살을 먹었다고 해도 말이에요! 게다가 우리 정부는 백 살은커녕 이십 살도 채 넘기지 않은 사람들로부터 본전을 뽑아내는 구조죠. 그것으로도 충분히 목표치를 채울 수 있으니까요. 조금 일찍 줄을 긋는 것뿐이죠, 그게 다예요! 이렇게….

비서가 수첩에 줄을 긋는다. 바다 위에 어떤 비명 소리가 들린 다음 물에 무언가 빠지는 소리가 들린다.

비서 이런! 아무 생각 없이 줄을 그어 버렸네! 아, 그 뱃사공이

네! 우연도 이런 우연이!

디에고는 몸을 일으켜 혐오와 공포의 시선으로 비서를 바라본다.

디에고 당신 하는 짓을 보니 몸속의 장기가 입 밖으로 튀어나올 정도로 구역질이 나!

비서 좋게 볼 수 없는 일이라는 거, 나도 알아요. 이 일을 할 때면 진이 빠질 때도 있지만, 곧 집중하게 돼요. 처음 할 때는 저도 조금은 망설였죠. 하지만 지금은 능숙해요.

비서가 디에고 쪽으로 다가간다.

디에고 가까이 오지 마.

비서 이건 비밀인데, 앞으로 더 이상의 실수는 없을 거예요. 별거 아닌 비밀이긴 한데요. 그야말로 완벽한 기계장치처럼 진행될 거예요. 두고 보면 알아요.

비서는 디에고에게 한마디씩 할 때마다 다가가며 몸에 닿을 거리까지 이른다. 디에고는 분노에 부들부들 떨며 비서의 멱살을 잡는다.

디에고 집어치워. 그딴 역겨운 연극 따위는 집어치우라고! 뭘 망설이는 거지? 당신 할일을 빨리해 봐, 그만 놀리고 당신보다 더 고결한 내 이름에도 줄을 그어야지. 어서 나를 죽여, 당신도 알잖아, 절대로 우연을 허락하지 않는다던 그 대단한 체계를 보존하는 유일한 방법이라는 걸. 아! 눈앞에 있는 게 아니라 전체를 본다고? 십만 명, 그 정도는 되어야 당신 눈에 띈다 이거지. 그건 통계 수치에 불과하고, 숫자는 말을 할 줄을 모르지! 당신들은 그걸 가지고 곡선을 그리거나 그래프를 만들지, 안 그래? 몇 세대에 걸쳐 그런 식으로 작업을 하지, 그게 제일 간단하니까! 이런 작업은 침묵 속에서, 한적하게 잉크 냄새나 맡으면서 이루어지지. 하지만 똑똑히 알아둬, 가족도 없이 고독한 누군가가 제일 귀찮은 존재라는 걸. 왜냐하면 이 사람은 기쁠 때나 화날 때나 눈치 보지 않고 소리를 질러대거든. 나도 살아 있는 한 있는 대로 소리를 지르며 당신들의 그 잘난 질서를 계속 어지럽힐 거야. 나는 너희들을 거부해. 내 온몸으로 맞서서 너희들의 존재 자체를 거부하겠어!

비서 당신!

디에고 닥쳐! 나는 삶과 마찬가지로 죽음 또한 명예로워야 한다고 생각하는 사람 중 하나야. 그런데 당신의 주인들이 이곳에 나타난 이후로, 삶과 죽음 모두 치욕스럽게 되어 버렸지….

비서 그건 맞지만….

디에고 (비서의 멱살을 잡고 흔들며) 너희들은 여태껏 거짓말을 일삼았고, 앞으로도 계속 사람들을 속일 거야, 세상이 멸망하는 그 순간에도 말이야! 물론! 나는 너희들의 수법을

다 알아챘어. 너희들은 굶주림이나 이별의 고통 따위로 사람들의 시선을 돌려서, 반항하지 못하도록 만드는 거지. 지칠 대로 지치게 만들고, 시간과 체력을 소모시켜서 분노할 여유도 충동도 갖지 못하게 하려고! 그 덕분에 사람들이 옴짝달싹 못하게 되어 버렸으니, 아주 기쁘시겠어! 저들은 한 무리의 군중처럼 보이지만 결국에는 개개의 사람들이야, 마치 내가 혼자인 것처럼 말이지. 우리들 각자는 다른 사람들의 비겁함 때문에 혼자인 거지. 나 역시 그들처럼 노예 같은 처지가 되어 버렸고, 그들과 함께 수모를 당하고 있지만, 그럼에도 불구하고 너희들에게 말하는 것은, 너희들은 아무것도 아니고 하늘을 가릴 만큼 기고만장한 너희들의 그따위 대단한 권력이라는 것도 땅에 내던져진 그림자에 지나지 않아. 성난 바람이 일 초만 불어와도 휩쓸려 가 버릴 만큼 가볍지. 너희들은 이 세상 모든 것을 숫자와 양식에 끼워 넣으면 된다고 생각해 왔어! 하지만 너희들의 그 완벽한 목록에서 들장미와 하늘의 징조들, 여름의 표정, 바다의 포효, 고통의 순간 그리고 인간의 분노 같은 건 찾아볼 수 없지! (비서가 웃는다) 웃지 마. 웃지 말라고, 망할 년. 분명히 말하는데, 너희들은 끝장났어. 너희들이 누릴 수 있는 가장 분명한 승리의 한가운데에서, 너희들은 이미 패배한 거야. 왜냐하면 인간에게는 — 내 눈을 봐 — 너희들이 굴복시킬 수 없는 어떤 힘이, 그리고 두려움과 용기로 뒤섞인, 무모하지만 언제나 승리를 거머쥐는 순수한 정열이 있기 때문이지. 바로 그 힘이 솟아날 것이고, 그때가 되면 너희들은 너희들의 위세가 피어올랐다 허공에 흩어지는 한낱 연기와 같았다는 것을 알게 될 거야.

비서는 웃는다.

디에고 웃지 마! 웃지 말라고!

비서는 웃는다. 디에고가 비서의 뺨을 후려치는 그때, 코러스의 남자들이 입에 물린 재갈을 걷어내고 기나긴 환호성을 내지른다. 디에고는 흥분한 나머지 자신의 몸에 새겨진 표식을 짓누른다. 그는 표식에 손을 가져다 대면서 그 손을 지그시 바라본다.

비서 대단해요!

디에고 뭐가 대단하다는 거지?

비서 성질내는 모습을 보니 대단하네! 더 마음에 들어요.

디에고 이게 무슨 일이지?

비서 당신이 보는 그대로. 표식이 사라졌죠. 계속해요, 제대로 하고 있어요.

디에고 완치가 된 거요?

비서 사소한 비밀을 하나 당신에게 가르쳐 주죠…. 당신도 잘 알다시피, 우리의 체계는 완벽해요. 하지만 완벽한 기계에도 한 가지 결함은 있는 법이에요.

디에고　무슨 말인지 모르겠군.

비서　그러니까, 결함이 있다고요. 내가 기억하는 한, 우리 체계의 결함이란 한 사람이라도 자신의 공포를 극복하고 저항하기만 해도 삐걱대기 시작한다는 거예요. 그렇다고 체계가 멈춰 버린다는 것은 아니에요, 그럴 수는 없죠. 하지만 어쨌든, 삐걱거린다는 거죠. 때때로 작동이 완전히 정지될 수도 있는 거고요.

침묵.

디에고　왜 그걸 나에게 말하는 거요?

비서　사실은, 제가 지금 이런 일을 하고 있기는 해도, 마음 약할 때가 있는 법이니까요. 게다가 당신은 혼자서 그 결함을 찾아냈잖아요.

디에고　만약 내가 당신을 때리지 않았어도 나를 봐줄 생각이었나요?

비서　아뇨. 나는 규정에 따라서 당신을 처치하러 온 거니까요.

디에고　그 말은 내가 더 세다는 뜻이군.

비서　아직도 두려운가요?

디에고　아니.

비서　그렇다면, 난 더 이상 당신을 상대할 수 없게 되었네요. 이것 또한 규정에 있죠. 하지만 당신에게 분명히 말해 두는

데, 내가 이 규정에 찬성한 것은 이번이 처음이에요.

비서는 조용히 퇴장한다. 디에고는 자기 몸을 만지고, 다시 한 번 손을 살펴본다. 갑자기 신음 소리가 나는 쪽으로 고개를 돌린다. 그는 침묵 속에서 재갈이 물린 어떤 환자가 있는 곳으로 향한다. 소리 없는 장면. 디에고는 손을 내밀어 재갈을 벗긴다. 앞서 등장한 그 어부다. 침묵 속에서 그들은 서로를 바라본다, 이윽고.

어부 (힘겹게) 안녕하시오, 형제여. 오래도록 말을 하지 못했소.

디에고가 그에게 미소 짓는다.

어부 (하늘을 올려다보며) 저게 뭐지?

정말로 하늘이 맑게 개어 있다. 가벼운 바람이 불면서 성문들을 흔들고, 드리워진 천들이 펄럭인다. 재갈을 풀은 민중이 이제 둘을 둘러싸고, 하늘을 올려다본다.

디에고 바닷바람이다….

막

3부

카디스의 민중이 광장에서 분주히 움직인다. 디에고는 그들보다 약간 높은 곳에 올라서서, 그들의 작업을 지휘한다. 눈부신 빛에 의해 페스트의 지시로 지어진 각종 건축물들이 드러난다. 그러나 거의 공사가 완료된 까닭에 전과 같이 음산한 느낌은 덜하다.

디에고 별 표식을 모두 지워 버립시다!

사람들은 표식을 지운다.

디에고 창문을 여세요!

창문들이 열린다.

디에고 신선한 공기를 마십시다! 들이마셔요! 환자들을 모이게 해요.

사람들의 움직임.

디에고 이제는 두려워하지 마세요. 일어설 수 있는 사람들은 모두 일어서세요! 아직도 두려운가요? 고개를 드세요, 자랑스러운 순간이 왔어요! 재갈을 벗어던지고 저처럼 소리를 질러 봐요, “더 이상 무서울 것은 없다”라고요.

그는 두 팔을 들어올린다.

디에고 오, 거룩한 저항이여, 생동하는 거부여, 민중의 명예여, 재갈에 입 막혔던 이들에게 소리칠 수 있는 힘을 주어라!

코러스 형제여, 우리는 그대의 말에 귀를 기울여. 올리브와 빵으로만 끼니를 때우며, 당나귀 하나가 전 재산이라, 일 년에 고작 두 번 생일날과 결혼 날에만 포도주를 입에 댈 수 있었던 가엾은 우리에게도 희망이 돋아나기 시작해! 그러나 여전히 오래된 불안이 우리 마음에서 벗어날 줄을 모르네. 올리브와 빵에서도 살아가는 맛을 느낄 수 있어! 가진 것은 없으나, 삶과 함께 모든 것 잃을까 두려워!

디에고 지금 그대들의 처지와 같이 가만히만 있는다면, 올리브는 물론 빵과 삶도 잃게 될 거예요! 만일 빵조각만이라도 지켜내기를 원한다면, 오늘 그대들은 공포를 이겨내야만 해요. 깨어나요, 에스파냐여!

코러스 우리는 가난하고 무식하다. 그러나 듣기로는 페스트가 한 해의 절기를 따른다고 했어. 페스트에도 싹이 돋아 솟아나는 봄과 같은 계절이 있고, 열매를 맺는 여름과 같은 계절이 있다고 해. 겨울이 오고 어쩌면 페스트는 죽을지도 몰라. 그러나 형제여, 지금이 겨울인가, 진정 겨울이란 말인가? 지금 불어오는 이 바람은 정말로 바다에서 불어오는 바람이란 말인가? 우리는 언제나 모든 일의 대가를 가난으로 받아 왔지. 이제는 진정 우리의 피를 대가로 원한다는 말인가?

여자들의 코러스 또다시 남자들의 사업 이야기! 여기 우리는 당신들에게 바라. 당신들은 고백의 순간과 한낮의 카네이션, 암양의 검은 털, 에스파냐의 향기를 상기해! 연약한 우리는 뼈가 튼튼한 당신들에게는 절대로 맞설 수 없어. 그러나 당신들이 무슨 일을 하든, 그대들이 귀신이 되어 서로 맞붙잡고 치고받고 싸우더라도 우리의 꽃 같은 살결은 잊지 마!

디에고 우리의 살을 벗겨내는 것도 바로 페스트요, 연인들을 갈라 놓고 한낮의 꽃들을 말라 죽게 하는 것도 페스트입니다! 그러니 제일 먼저 페스트와 맞서 싸워야 합니다!

코러스 지금이 정말로 겨울이란 말이야? 숲속의 떡갈나무들에는 여전히 맨질맨질한 도토리들이 올망졸망 열려 있고 나무줄기에는 말벌들이 떼 지어 있는데! 아니야! 겨울은 아직 오지 않았어!

디에고 분노의 겨울을 지나가야 해요!

코러스 과연 우리가 그 끝에서 희망을 발견할 수 있을까? 아니면 절망 속에 죽어야만 할까?

디에고 누가 절망을 말하는 겁니까? 절망은 재갈입니다. 포위당한 이 도시의 침묵을 깨는 것은 바로 행복의 번갯불, 희망의 천둥소리입니다. 일어섭시다, 일어서세요! 빵과 희망을 지키고 싶다면 증명서 따위는 찢어 버리세요, 관청의 유리창을 박살내 버립시다. 공포의 행렬에서 벗어나, 하늘 구석구석에 들리도록 자유를 외칩시다!

코러스 우리는 이 세상에서 가장 비참한 자들이야! 희망은 우리의 유일한 자산, 이것을 어찌 포기할 수 있을까? 형제여, 우리는 모두 이 재갈을 벗어던지겠소! (해방의 커다란 함성) 아! 메마른 대지 위에, 더위로 갈라진 틈 사이로 처음으로 빗물이 스며드는구나! 만물이 초록빛을 되찾는 가을이 왔다, 바다에서 신선한 바람이 불어와. 희망이 파도처럼 우리를 들어올려.

디에고 퇴장

디에고와 같은 높이의 반대쪽에서 페스트가 등장한다. 비서와 나다가 뒤따른다.

비서 이게 도대체 무슨 일이야? 이제는 제멋대로 떠들고 있다니? 여러분, 얼른 다시 재갈을 물도록 해요!

무대 가운데 몇몇이 다시 재갈을 문다. 그러나 남자들은 디에고 주위로 몰려든다. 그들은 질서 있게 분주히 움직인다.

페스트 저들이 꿈틀대기 시작하는군.

비서 네, 항상 하는 짓인걸요!

페스트 과연! 강력한 조치를 동원해야겠군!

비서 강력하게 가야죠!

비서가 다소 따분한 표정으로 수첩을 펼쳐 뒤적거린다.

나다 그럼 빨리 실행해요! 길은 제대로 들었으니까! 규칙대로 하느냐 아니면 규칙을 따르지 않느냐, 바로 여기에 도덕의 모든 것, 그리고 철학의 모든 것이 담겨 있죠! 각하, 그런데 제 생각은, 좀 더 나가도 괜찮을 것 같은데요.

페스트 말이 너무 많군.

나다 제가 바로 불이 붙는 성격이라. 여러분 곁에 있으면서 이것저것 많이 배웠거든요. 말살이야말로 저에게는 복음과 같아요. 지금까지는 적당한 근거를 찾지 못했었는데. 이제는 규칙이라는 근거가 생겼어요!

페스트 규칙으로 모든 걸 말살하는 건 아니야. 너 이상한 길로 새는 것 같은데, 조심해!

나다 여러분이 오시기 전에 이미 여러 가지 규칙이 이곳에 있었죠. 하지만 일반적으로 폭넓게 쓰일 만한 규칙이 없었을 뿐이에요. 모든 계좌의 잔고를 털고, 온 인류를 목록으로 정리해 배열시키고, 삶 전체를 목차처럼 나열하고, 온 우주의 업무를 중단시키면, 하늘과 땅의 가치는 폭락할 것이고 그러면….

페스트 돌아가서 네 할일이나 해, 이 주정뱅이야. 비서, 시작하지!

비서 무엇부터 시작할까요?

페스트 아무거나. 그래야 더 충격적으로 받아들이기 쉽거든.

비서가 두 이름에 줄을 긋는다. 둔탁한 경고음. 두 명의 남자가 쓰러진다. 군중이 썰물처럼 빠진다. 작업 중이던 사람들은 깜짝 놀라 멈춘다. 페스트의 위병들이 들이닥쳐, 집집마다 문에다 십자가 표시를 다시 달고, 창문을 닫아 버리고, 시체들을 뒤죽박죽으로 어지럽혀 놓는다.

디에고 (무대 안쪽에서 침착한 목소리로) 죽음의 신이여, 계속해라! 그런다고 무서워할 것 같으냐!

군중이 밀물처럼 모여든다. 사람들은 다시 작업을 시작한다. 위병들이 후퇴한다. 같은 행위들이 소리 없이 이번에는 역할을 바꾸어 진행된다. 군중이 앞으로 나아갈 때면 바람이 불고, 바람이 잦아들면 위병들이 되돌아온다.

페스트 저놈의 이름을 지워!

비서 불가능해요!

페스트 왜?

비서 저자는 두려워하지 않는다고요!

페스트 아니, 정말! 저자가 알아차린 건가?

비서 눈치를 챘나 봐요.

비서는 줄을 긋기 시작한다. 둔탁한 소리. 군중이 썰물처럼 밀린다. 앞선 장면이 되풀이된다.

나다 대단해! 마치 파리떼처럼 죽어 나가는 구나! 아! 이 땅을 그대로 날려 버렸으면!

디에고 (차분하게) 쓰러진 사람들을 모두 구합시다.

군중이 썰물처럼 밀린다. 같은 행위가 역할이 뒤바뀌어 반복된다.

페스트 저 자식 막 나가는군!

비서 정말 그렇네요.

페스트 어째서 그렇게 우울하게 말하는 거지? 설마 당신이 저자에게 가르쳐준 건 아니겠지?

비서 아니에요. 자기 스스로 깨달았을 거예요. 말하자면, 선천적인 능력으로 말이죠!

페스트 선천적 능력이라, 하지만 나도 방법이 있어. 다른 방식을 시도해야겠군. 이번에는 당신 차례야.

페스트가 퇴장한다.

코러스 (재갈을 벗으며) 아! (안도의 한숨) 처음으로 저들이 후퇴한다. 구속은 느슨해지고, 하늘은 긴장을 풀고 숨을 돌린다. 페스트의 검은 태양으로 바싹 말랐던 샘에 다시 물소리가 차기 시작해. 여름이 간다. 포도나무가 만든 그늘 아래 매달린 포도송이도, 멜론, 완두콩, 싱그러운 채소들도 더는 얻지 못할 거야. 그러나 희망의 샘물은 단단한 토양을 부드러이 적시며 우리에게 겨울의 안식과 따끈따끈한 군밤, 여전히 알갱이에 푸른빛이 도는 첫 수확한 옥수수, 부드럽게 씹히는 호두, 난롯가 앞에서 마시는 우유를 약속해….

여자들 우리는 무지한 사람들이야. 그러나 그러한 자원들이 비싼 값을 받아서는 안 된다는 것쯤은 알고 있어. 어떤 우두머리 아래에 놓여 있든, 이 세상 어느 곳에 있든 언제나 금방 손에 닿는 신선한 과일 정도는 있는 법. 빈자들 몫의 포도주나, 포도나무 잔가지로 지핀 모닥불 또한 마찬가지야. 그 모닥불 옆에서 모든 것이 지나가기만을 바랄 뿐….

판사의 집에서 판사의 딸이 창문으로 뛰쳐나와 여자들 가운데로 달려와 숨는다.

비서 (군중 쪽으로 내려오며) 무슨 혁명이라도 일어난 줄 알겠어, 정말! 당신들도 잘 알겠지만 그런 일이 일어날 정도의 상황은 아닌데 말이에요. 게다가 요즘은 민중이 혁명을 일으키는 때가 아니에요, 자, 그런 건 완전히 구식의 사고란 말이에요. 혁명은 더 이상 민중의 봉기를 필요로 하지 않아요. 하물며 정부를 전복할 생각이라 해도, 지금은 경찰로도 충분하거든요. 사실 이게 나은 거 아닌가요? 식견 있는 사람들 몇몇이 민중을 대신해 고민도 하고 또 민중이 만족할 만한 적당한 수준의 행복도 결정해주니, 민중은 가만히 쉬기만 하면 되니까요.

어부 내 당장 저 망할 곰치 같은 년의 배를 갈라야겠어.

비서 자자, 여러분, 그 정도로 하는 것이 좋지 않겠어요! 어느 질서가 자리를 잡으면, 그걸 다시 바꾸기에는 언제나 비싼 값을 치러야 하는 법이에요. 당신들이 그 질서를 견딜 수 없다고 한다면, 어쩌면 타협점 정도는 찾아볼 수 있겠죠.

한 여자 무슨 타협점을?

비서 내가 그걸 어떻게 알겠어요! 다만 당신들은 여자들이니 알겠죠, 모든 혼란에는 대가가 따르기 마련이니 적절한 선에서 화해하는 것이 처참한 승리보다 어쩌면 더 값지다는 것을 말이에요?

여자들이 비서에게 다가간다. 몇몇 남자가 디에고의 무리에서 떨어져 나온다.

디에고　저 여자가 하는 말에 귀를 기울이면 안 됩니다. 전부 형식적으로 하는 말뿐이니까요.

비서　뭐가 형식적이라는 거죠? 나는 상식에 맞는 말을 한 거고 상식 말고는 아무것도 모르는 사람인데요.

한 남자　당신이 말하는 타협이란 게 도대체 뭐요?

비서　당연하지만, 그건 깊이 생각해 봐야 하는 거죠. 아니면, 예를 들어서, 당신들과 함께 위원회를 결성해서, 누구를 말소할 것인지를 다수결에 따라 결정할 수도 있지 않을까요. 말소 작업에 사용되는 이 수첩에 대한 전권을 위원회가 장악하는 거죠. 물론 예를 들어서 제시한 방안이긴 하지만….

비서가 손끝으로 수첩을 들고 흔들어 보인다. 어느 남자가 수첩을 낚아챈다.

비서　(화를 내는 척하며) 그 수첩 돌려줘요! 그게 얼마나 중요한 건지 당신도 알면서, 거기 적혀 있는 당신의 동지들 이름 중에 하나에다 줄만 그어도 그 사람은 곧바로 죽는다고요.

남자들과 여자들이 수첩을 가로챈 사람을 둘러싼다. 흥분 상태.

— 수첩을 손에 넣었다!
— 더 이상 죽지 않을 거야!

— 우리는 살아남았다!

그런데 판사의 딸이 난입하여 수첩을 거칠게 낚아채고 한구석으로 달아나더니, 급하게 수첩을 뒤적이다가 어떤 이름에 줄을 긋는다. 판사의 집에서 비명과 함께 몸이 바닥에 쓰러지는 소리가 난다. 몇몇 남녀가 판사의 딸을 향해 달려든다.

어느 목소리 아! 나쁜 년! 죽어 버려야 할 사람은 바로 네년이야!

누군가의 손이 판사의 딸로부터 수첩을 빼앗고, 사람들이 모여들어 수첩을 뒤적인다. 판사의 딸의 이름을 발견한 다음 누군가의 손이 줄을 긋는다. 판사의 딸은 단말마의 비명도 채 내지 못하고 죽는다.

나다 (소리치며) 계속해라! 제거 작업을 위해 모두 힘을 합쳐라! 다른 사람을 지워 버리는 것은 더 이상 중요하지 않다, 이제는 서로 지워야 한다! 억압당하고, 또 억압했던 우리 모두 손에 손을 맞잡자! 가자! 황소처럼 나아가자! 깡그리 청소해 버리자!

나다가 떠난다.

한 남자 (덩치 큰 사람으로 수첩을 손에 들고 있다) 맞는 말이야, 약간의 청소 작업이 필요해! 우리가 죽을 만큼 굶주려 있었을 때 단물을 빨고 있었던 역겨운 놈들을 때려잡기에 너무 나 절호의 기회라고!

페스트가 다시 등장하더니 한바탕 크게 웃음을 터트린다. 그때 비서는 페스트 옆 자기 자리로 다소곳이 되돌아간다. 모든 사람들이 움직이지 않은 고개를 든 채로 가설무대 위에 서 있다. 그때 페스트의 위병들은 페스트의 건축물과 표식들을 복구하기 위해 사방으로 흩어진다.

페스트 (디에고에게) 보라고! 가만히 있으면 저들이 스스로 작업을 대신해 준다니까! 저런 꼴을 보고서도 저들을 도와주고 싶은 거야?

그러나 디에고와 어부는 가설무대로 올라가, 수첩을 든 남자에게 달려든 다음 그의 뺨을 후려치고 땅바닥에 때려눕힌다. 디에고는 수첩을 집어 들고는 찢어발긴다.

비서 소용없어요. 또 하나 있으니까.

디에고가 남자들을 반대편 쪽으로 밀친다.

디에고 자, 일을 합시다! 저들은 당신들을 가지고 놀려고 속이는 거예요!

페스트 저들은 스스로를 위해서 두려워할 뿐이지, 남들을 위해서는 증오밖에 가질 수 없는 자들이야.

디에고 (페스트의 앞으로 돌아와) 두려움도 없고 증오도 없다. 이것이 바로 우리의 승리다!

위병들이 디에고와 남자들에 밀려 점차 후퇴한다.

페스트 조용히 해! 나는 포도주를 식초가 되도록 상하게 만들어 버리고, 나무에 열린 과일도 말라비틀어지게 만드는 사람이야. 포도송이가 달릴 것 같으면 포도나무를 고사시키고, 죽은 포도나무로 불을 지피려 하면 다시 살려 싹이 돋게 만드는 것이 바로 나란 말이다. 너희들의 소박한 기쁨 따위는 질색이야. 배불리 살 처지도 못 되면서 뻔뻔하게 자유를 요구하는 이 나라를 생각하면 신물이 난다고. 내 손은 감옥도, 사형집행인들도, 권력도, 피도 모조리 쥐고 있어! 이 도시는 곧 파괴될 것이다. 그 잔해 위에 건설된, 완벽한 사회가 아름답게 침묵하는 동안 마침내 도시의 역사는 이 세상에서 완전히 없어질 것이다. 그러니 조용히 해라, 그렇지 않으면 너희 모두 짓밟아 죽여 버릴 거야.

상당한 소란 속에 투쟁을 나타내는 무언의 행위들, 교수대에서 삐걱대며 밧줄을 조이는 소리,[22] 웅웅거림, 말소 작업에 의해 쓰러지는 소리, 파도처

22 원문의 garrot는 사형수를 앉힌 상태에서 목에 건 올가미를 조여 죽이는 교수형의 한 방식으로 주로 에스파냐에서 널리 사용되었다.

럼 밀려오는 구호 소리 등. 투쟁이 점차 디에고 측에 유리하게 전개되면서, 소음은 잦아들고 코러스의 소리가 여전히 어렴풋하기는 하지만 페스트의 말소리를 덮어 버린다.

페스트 (분노한 몸짓과 함께) 인질들을 살리고 싶지 않은 것이냐!

페스트가 신호를 보낸다. 페스트의 위병들이 무대를 떠나는 동안 다른 사람들이 무리를 짓는다.

나다 (궁 꼭대기에서) 항상 무언가는 남아 있기 마련이지. 모든 것이 중단된 것 같지만 사실은 계속되고 있는 거라고. 내가 맡은 작업 또한 계속되지. 도시가 몰락하고, 하늘이 갈라지고, 인간들이 이 지상에서 사라져 버린다 해도 관청은 여전히 정각에 문을 열고 도시와 하늘, 인간들의 부재를 관리할 거야! 영원한 것은 바로 나지. 문서고와 사무 집기가 있는 이곳이 나에게는 천국이라고.

나다가 퇴장한다.

코러스 그들이 달아난다. 승리 속에 여름은 저물어 가네. 드디어 인간이 승리하는 때가 왔어! 승리는 사랑의 빗물에 젖은 우리 여자들의 몸과 같은 모습으로 왔어. 벌들이 윙윙대며 모여드는 9월의 포도송이처럼, 윤기가 나고 뜨끈한, 이

행복으로 물오른 살결들을 봐. 승리의 몸통 가운데에서는 포도밭에서 난 수확물들이 쏟아져 나와. 갓 수확한 포도가 취기 오른 가슴에서 불처럼 이글거려.[23] 오, 나의 사랑이여, 욕망은 터질 듯이 익은 과일처럼 부풀어 오르고, 마침내 육체의 영광이 흘러넘치네. 온 하늘에서 신비로운 손들이 꽃들을 건네고, 황금빛 포도주는 마르지 않는 샘들에서 솟아나. 승리를 기념하는 축제가 시작되었어, 우리 여자들을 맞이하러 가자!

침묵 속에서 들것 하나가 들어오는데, 거기에는 빅토리아가 누워 있다.

디에고 (달려가며) 오! 저들을 죽이든지 아니면 내가 죽든지 그것밖에는 방법이 없어! (디에고는 죽은 것처럼 보이는 빅토리아 쪽으로 다가간다) 아! 아름답고 자신감으로 가득 찼던, 사랑처럼 정열적이었던 그대여, 고개를 돌려 나를 봐 줘! 돌아와 줘, 빅토리아! 내가 따라갈 수 없는 저세상으로 가 버리지 마! 나를 떠나지 마, 차디찬 흙 속에 가지 말고. 내 사랑, 그대여! 꼭 잡아, 여전히 우리가 있는 이 땅의 끄트머리라도 꼭 잡고 버텨! 떠내려가면 안 돼! 네가 없으면 내게는 평생을 이승에서 산다 해도 저승에서 사는 것과

23 원문에서는 ventre, seins로 실제 신체부위를 가리키고 있으나, 번역 시에 이질적으로 느껴지므로 최대한 적절히 분위기를 살려 번역하였다. 성적대상화를 지양하기 위해 보다 중의적인 표현을 사용하였다.

다를 바 없는데!

여자들의 코러스 　이제, 우리는 진실 속에 자리해. 그전까지는 진지한 것은 존재하지 않았지. 그러나 지금 이 시간에 존재하는 것은 고통에 몸부림치는 한 몸뚱이구나. 저 구슬픈 외침, 가장 아름다운 언어, 그치지 않는 죽음, 그리고 결국 죽음은 사랑하는 이의 목소리를 앗아가는구나! 이미 시간은 가버렸는데 사랑만이 뒤늦게 남겨졌구나.

빅토리아가 신음한다.

디에고 　아직 시간이 있어. 넌 다시 살아날 거야. 다시 내 얼굴을 봐. 횃불처럼 변치 않고 말이야. 검은 불꽃과도 같은 머리카락, 사랑으로 빛나는 얼굴을 잃지 마. 저들과 투쟁하는 그 어두운 시간에도 나는 눈부신 네 얼굴을 떠올렸어. 그래, 네 얼굴을 떠올리는 것만으로도, 넌 내 마음에 힘이 되어 주었지.

빅토리아 　당신은 나를 잊어 버릴 거야, 디에고, 반드시 잊을 거야. 당신의 마음만으로는 나의 빈자리를 채우지 못해. 마음만으로 불행을 감당할 수는 없어. 아! 잊힐 거라는 사실을 알고 죽는 건 정말 고통스러워.

빅토리아가 얼굴을 돌린다.

디에고 나는 당신을 잊지 않아. 무덤 속에 들어가더라도 당신을 간직할 거야.

여자들의 코러스 오, 고통에 신음하는 육신아, 그 옛날 욕망을 부추겼던, 햇빛처럼 빛나는 완벽한 아름다움을 가진 육신아! 남자는 불가능에 도전하겠다고 울부짖고, 여자는 모든 현실에 신음한다. 몸을 숙여라, 디에고! 네 고통을 소리치고, 스스로를 탓하길, 지금은 회개할 순간이야! 도망쳤던 자여! 육신이야말로 그대의 고향인데, 육신이 없다면 그대는 아무것도 아닌 존재일 뿐인데! 그대 기억만으로는 무엇도 되찾을 수 없어!

페스트가 디에고의 곁으로 조용히 다가온다. 둘 사이에 빅토리아의 육신이 놓여 있다.

페스트 자, 포기할 것이냐?

디에고는 빅토리아의 육신을 절망 속에 바라본다.

페스트 아직도 힘이 남아 있나? 네 눈동자가 흔들리고 있어. 내 눈을 봐, 단단히 고정된 내 눈동자를.

디에고 (침묵 뒤에) 빅토리아를 살리는 대신 나를 죽여.

페스트 뭐라고?

디에고 교환을 제안하지.

페스트 무엇을 교환하자는 말이야?

디에고 내가 대신 죽겠다는 말이다.

페스트 피로가 쌓이면 그런 생각을 가질 수 있지. 이봐, 죽는 건 그리 기분 좋은 일도 아닐뿐더러 넌 저 여자를 위해서 네가 할 수 있는 일은 전부 다 했어. 그 정도로 끝내!

디에고 피로할 때가 아니라 가장 강할 때 가질 수 있는 생각이야!

페스트 나를 봐, 나야말로 힘 그 자체야!

디에고 제복을 벗어 봐.

페스트 제정신이 아니군!

디에고 옷을 벗어! 힘을 자랑하는 인간이 제복을 벗으면, 얼마나 추한지 보자고!

페스트 그럴 수도 있겠지. 그러나 그 힘은 제복을 만들어 냈다는 데에 있어!

디에고 그걸 거부하는 게 나의 힘이야. 나는 내가 택한 길을 갈 거야.

페스트 다시 잘 생각해. 삶이란 좋은 것이니까.

디에고 내 삶은 아무것도 아니야. 중요한 것은 삶을 사는 이유지. 나는 개가 아니란 말이야.

페스트 그렇다면 처음으로 피우는 담배의 맛 역시 아무것도 아니란 말인가? 메마른 강바닥에서 느껴지는 정오의 먼지 냄새,[24] 저녁의 빗줄기, 미지의 여인, 두 잔째 마시는 포도

24 정본에서는 ramblais라고 표기되어 있는데, 이 작품과 관련된 다양한 판본에서도 저마다 표기가 엇갈린다. remblais, rambla, ramblas 등 표기가 엇갈리는데, 배경이 에스파냐인 만큼 번역문에서는 '메마른 강바닥'을 뜻하는 스페인어 어휘 'rambla'를 취했다.

주, 모두 아무것도 아닌가?

디에고 그건 아니지만, 이 여자는 나보다 더 훌륭하게 살아갈 거야!

페스트 안 돼, 네가 다른 사람의 일에 신경 쓰는 것을 그만두겠다고 말하지 않으면 몰라도.

디에고 여기까지 온 이상, 그만두고 싶어도 그럴 수가 없어. 난 너를 용서하지 않을 거야!

페스트 (어조를 바꾸어) 들어 봐. 저 여자를 살리기 위해서 네 목숨을 주겠다고 나온다면 네 뜻을 받아들여 저 여자를 살려 주도록 하지. 하지만 나 역시 너에게 제안할 것이 있어. 이 여자를 살려주고 너희 둘이 달아나게 해 줄 테니 이 도시를 내게 넘겨주겠나?

디에고 안 돼. 나는 내가 가진 힘이 어떤 것인지 잘 알고 있어.

페스트 그렇다면 너에게 솔직하게 말하지. 내게는 모든 것의 주인이 되느냐 그렇지 못하느냐가 중요해. 네가 내게서 벗어난다면, 이 도시 또한 내게서 벗어나는 것이 되는 거야. 그것이 규칙이지. 어디서 생겨난 것인지는 나도 모르지만, 아무튼 오래된 법칙이지.

디에고 나는 알아! 그 규칙은 오랜 세월을 거쳐 온 공허 속에서 만들어진 거야. 그 규칙은 너보다도 위대하며, 네가 세운 교수대보다 높은, 자연의 법칙이지. 다시 말해 우리가 이겼어.

페스트 섣부르군! 내가 이 여자의 몸을 인질로 붙잡고 있어. 이 인질이 내 마지막 패다. 잘 봐. 어떤 여자가 생명의 얼굴을 가질 수 있다면, 바로 이런 모습이겠지. 이 여자는 살 가치가 있고 너 또한 이 여자를 살리려 하지. 나 역시 여자의 삶을 돌려줘야 하는 상황이고. 하지만 그건 어디까지나 이 도시의 자유와 맞바꾼다는 조건에서만 가능한 일이야. 선택해.

디에고는 빅토리아를 바라본다. 무대 안쪽에서 재갈 물린 사람들의 신음하는 소리. 디에고는 코러스 쪽으로 몸을 돌린다.

디에고 죽는다는 건 괴로운 일이지.

페스트 괴롭지.

디에고 그러나 누구에게나 다 괴로운 일이지.

페스트 멍청한 놈! 이 여자와 사랑 속에 보내는 십 년은 저자들이 백 년 동안 누리는 자유와는 다른 가치를 가지고 있다고.

디에고 이 여자에 대한 사랑은 내가 다스리는 나만의 왕국에 속하는 일이야. 내가 원하는 대로 할 수 있지. 하지만 저들에게 주어진 자유는 저들에게 속하는 것이야. 그것을 내 마음대로 할 수는 없어.

페스트 다른 사람에게 해를 가하지 않고 행복하게 지낼 수는 없는 법. 그것이 이 세상의 정의야.

디에고 그따위 정의에 동조하려고 내가 이 세상에 태어난 것은 아냐.

페스트 누가 너더러 인정해 달라고 했어? 이 세상의 질서는 네가 원하는 대로 바뀌는 것이 아니란 말이야! 그걸 네가 바꾸고 싶다면, 꿈 따위는 내다 버리고 현실에 존재하는 것만을 고려해.

디에고 싫어. 그런 방식은 나도 알아. 살인을 없애기 위해서는 죽이지 않을 수 없고, 불의를 바로잡기 위해서는 무도해지지 않을 수 없다는 것. 이따위 논리가 수백 년을 버텨온 것이지! 지난 수백 년간 너와 같은 권력자들은 이 세상에 난 상처를 치료한다는 구실로 오히려 악화시키기 일쑤였어. 그리고 그런 방식을 대단한 것인 양 치켜세웠지, 왜냐면 아무도 그들의 면전에 대고 코웃음 친 적이 없었으니까!

페스트 나는 실천하기 때문에 어느 누구도 비웃지 않는 거야. 나는 효율적인 사람이거든.

디에고 효율적이라, 그럼 그렇지! 그리고 실용적이지. 마치 도끼처럼!

페스트 인간들을 살펴보기만 하는 것으로도 충분해. 그러면 어떤 정의라도 그들에게 쉽게 먹힌다는 사실을 알게 되지.

디에고 이 도시의 성문들이 모두 봉쇄된 이후로, 나는 그동안 모든 사람들을 지켜볼 수 있었어.

페스트 그렇다면 그들이 언제나 너를 고립시킬 것도 잘 알겠군. 혼자 남은 사람은 무너져 내리는 법이지.

디에고 아니, 틀렸어! 만일 내가 혼자였다면 모든 것이 쉽게 풀렸겠지. 하지만 자의든 타의든 그들은 나와 함께한다고.

페스트 그래 봤자 너저분한 양떼 같을 뿐이지. 고약한 냄새가 나는 양떼 말이야!

디에고　저들이 순수하지 못하다는 건 알아. 그건 나도 마찬가지야. 나 역시 저들 가운데서 태어난 사람이야. 나는 나의 도시, 그리고 나의 삶을 위해 살아가는 거야.

페스트　노예의 삶 말이군!

디에고　자유인의 삶이지!

페스트　황당하군. 아무리 찾아도 없던데. 자유인이 대체 어디 있단 말이지?

디에고　네가 만든 감옥과 납골당에 있지. 노예들이 권좌에 앉았으니까.

페스트　그 자유인이라는 인간들한테 내 경찰 제복을 입혀 봐, 그러면 그들이 어떻게 변하는지 알게 될 테니까.

디에고　그들도 비겁하고 잔인한 사람이 될 수 있다는 건 사실이지. 그렇기 때문에 그들도 당신과 마찬가지로 권력을 쥘 권한이 없어. 절대적인 권력을 쥘 만한 미덕을 지닌 사람은 이 세상 어디에도 존재하지 않아. 하지만 그렇기 때문에 너에게는 허락되지 않은 동정받을 권리를 그들은 가진 거야.

페스트　비겁하다는 건 바로 그들이 지금 살아가는 모습을 설명할 때 쓰는 말이야. 옹졸하고, 구차하고, 언제나 어중간하게 살아가는 그런 삶 말이지.

디에고　그런 어중간한 삶을 살기 때문에 내가 그들에게 관심을 갖는 거야. 만일 내가 그들과 함께 나눈 빈자의 진리에 대한 믿음이 확실하지 않다면, 내가 가진 더 중요하고 고독한 것을 어찌 이해할 수 있겠어?

페스트 내게 있어 유일하게 믿을 만한 건 경멸뿐이야. (페스트는 무대 상수에서 의기소침하게 있는 코러스를 가리킨다) 저들을 봐, 얼마나 경멸스러운 모습이냐!

디에고 내가 경멸하는 것은 사람을 죽이려 드는 자들뿐이야. 네가 무슨 짓을 저지르든, 저 사람들은 너보다 더 위대한 사람이 될 수 있어. 만일 저들이 어쩌다 딱 한 번 사람을 죽였다 해도, 그것은 잠시 광기에 사로잡혀 그랬던 걸 거야. 그런데 너는, 그 잘난 법이니 논리니 들먹이며 대학살을 자행하고 있지. 고개를 들지 못하는 저들을 비웃지 마. 그건 이미 수백 년 전부터 공포를 불러오는 혜성들이 저들의 무리를 수도 없이 지나갔기 때문이니까. 저들의 겁먹은 모습을 보고 비웃지 마. 수백 년 전부터 저들은 죽어갔고 저들의 사랑은 너덜너덜하게 찢겨 왔어. 설령 저들이 중대한 범죄를 저질렀다 해도 원인이 존재하는 거야. 그러나 저들을 상대로 너희들이 저질러온 죄악에는, 네가 고안해 낸 그따위 역겨운 질서에 맞춰 이 세상을 체계화하는 일을 완수하기 위해 저질러 온 죄악에는, 나는 그 어떤 근거도 찾을 수 없어. (페스트가 디에고 쪽으로 걸어온다) 네가 다가온다고 눈 하나 깜짝할 것 같아?

페스트 그렇겠지, 딱 보면 알아! 자, 너에게 솔직히 말해 주지. 너는 방금 최후의 시련을 극복했어. 만약 네가 이 도시를 내게 넘겼다면, 너는 저 여자를 잃었을 뿐만 아니라 저 여자와 마찬가지로 너도 죽게 되었을 거야. 지금이라도, 이 도시가 자유를 되찾을 기회는 많아. 나 참, 너같이 무모하게 구는자는 한 명으로도 족하니…. 무모한 자는 물론 죽음뿐이지. 그러나 당장이든 나중이든 끝에 가면 남은 자들은 구원을 받게 돼! (우울하게) 그 나머지들은 구원을 받을 만한 가치도 없는데 말이지.

디에고 무모한 자는 죽는다….

페스트 왜! 자신이 없나? 아니야, 뻔해. 망설여지는 순간인 거지! 그래 봤자 네 자존심을 따르겠지만.

디에고 나는 명예에 목말라 했었지. 그런데 지금 명예를 되찾을 방법이란 죽은 자들이 있는 곳으로 가는 것뿐이란 말인가?

페스트 내 말이 그 말이야, 그들을 죽인 게 자존심이야. 나 같은 늙은이한테는 자존심도 참 피곤한 일이지. (엄한 목소리로) 준비해.

디에고 준비됐다.

페스트 여기, 표식들이 생겨났군. 아플 거야. (디에고는 끔찍하다는 듯 자신의 몸에 다시 나타난 표식들을 바라본다) 여기! 죽기전에 좀 괴로울 거다. 그게 내 규칙이거든. 증오가 나를 안달나게 만들 때, 타인의 고통은 이슬과도 같지. 그러니 너도 아파 보라고. 그게 좋아. 이 도시를 떠나기 전에 네가 고통스러워 하는 꼴을 감상해야겠군. (페스트는 비서를 바라본다) 자, 이제부터 자네가 맡게!

비서 원하시면 그래야죠.

페스트 아니, 벌써 피곤한 건가?

비서가 고개를 저어 수긍한다. 그 순간 갑자기 모습을 바꾸어, 죽음의 가면을 쓴 노파의 모습으로 변신한다.

페스트 전부터 생각했지만 자네한테는 증오의 감정이 좀 부족한 것 같아. 내 증오에는 신선한 희생 제물이 필요해. 그러니 서둘러. 도시를 바꾸어 다시 시작해 보자고.

비서 사실, 저는 증오만으로 존재할 수 없어요. 그건 제 능력 밖의 일이니까요. 하지만 당신 탓이기도 해요. 서류만 보며 일을 하다 보니 의욕이 없어진 지 오래라고요.

페스트 그런 건 다 말뿐이야. 만일 자네를 지탱해줄 힘이 필요하다면…. (페스트는 무릎을 꿇고 쓰러져 있는 디에고를 가리킨다) 저놈을 죽여서 기분전환을 하지 그래. 그건 자네 소관의 일이 아닌가.

비서 그렇다면 죽여 보죠. 그런데 썩 내키지는 않네요.

페스트 대체 무엇 때문에 내 명령에 토를 다는 거야?

비서 기억 때문에 그래요. 옛 추억이 떠올랐거든요. 당신을 알기 전에 저는 자유로웠고, 우연과 손을 잡고 있었죠. 그때는 누구도 저를 미워하지 않았어요. 저는 모든 일을 매듭짓고, 연인들의 사이를 고정시키고, 온갖 운명에 완성된 형태를 부여하는 역할을 했죠. 그때의 저는 안정을 위해 힘썼죠. 그런데 당신은 나를 논리와 규칙에 봉사하게 만들어 버렸어요. 예전에는 도움을 주던 이 손을 내 스스로 못쓰게 만들어 버린 거죠.

페스트 누가 자네에게 도움을 요청한다는 말인가?

비서 불행을 이길 힘이 없는 사람들이죠. 말하자면 거의 모든 사람이에요. 그들과 함께 힘을 합쳐 일을 하기도 했고, 저는 제 방식대로 존재해 왔어요. 그런데 지금 저는 그들에게 폭력을 행하고 있고, 모두가 마지막 숨을 몰아쉬는 그 순간에도 저를 거부한다고요. 어쩌면 그래서 저는 당신이 죽이라고 한 그 사람을 좋아하게 된 것일지도 모르겠어요. 저 사람은 저를 자유롭게 선택했죠. 자신만의 방식대로, 저 사람은 저를 동정한 거예요. 저는 다시 만날 날을 약속하는 사람을 좋아하거든요.

페스트 내 신경을 긁고도 두렵지 않아? 우리에게 동정 따윈 필요 없어.

비서 그 누가 동정 따위를 필요로 하겠어요? 오히려 어느 누구에게도 연민을 가지지 못하는 자들에겐 필요하겠지만요. 내가 저 사람을 좋아한다고 말한 건 저 사람을 부러워한다는 뜻이에요. 우리처럼 사람의 운명을 정복할 수 있는 사람들에게, 사랑을 품는다는 건 끔찍한 행동이죠. 당신도 그걸 잘 알고 있죠, 그렇기 때문에 우리가 동정받을 만하다는 것도 알고요.

페스트 입 다물어, 명령이다!

비서 당신도 그걸 잘 알고 있고, 남을 죽일 수 있는 힘에 취해 있다 보면, 죽어가는 자들이 가진 결백함을 부러워할 수 밖에 없다는 것도 잘 알죠. 아! 단 한순간만이라도, 이런 그칠 줄 모르는 논리 따위는 집어치워 버리고, 누군가의 몸에 기대고 있는 꿈에 잠기고 싶어요. 어둠이라면 지긋지긋해요. 그래서 모든 비참한 사람들이 부러워요, 네, 저 여자도 마찬가지로 부러워요. (비서는 빅토리아를 가리킨다) 생명을 되찾는다 해도 짐승처럼 비명을 지르겠지만 말이에요! 적어도 저 여자는 자신의 고통에 기댈 수 있을 테니까요.

디에고가 거의 쓰러지려 한다. 페스트가 디에고를 일으킨다.

페스트 이봐, 일어서! 저 여자가 해야 할 일을 하지 않는 이상 끝은 오지 않아. 너도 알겠지만, 저 여자는 지금 감정적으로 행동하고 있어. 하지만 걱정할 것은 없어! 저 여자는 곧 제 할일을 할 것이며, 그것이 규칙이자 직분이기 때문이지. 지금은 잠시 삐걱대고 있을 뿐이고. 완전히 작동 불능 상태에 빠지기 전에, 이 자식, 다행으로 생각해, 너에게 이 도시를 돌려주겠다!

코러스의 환호성. 페스트가 코러스를 향해 돌아선다.

페스트 그래, 나는 떠난다, 그렇다고 의기양양하게 굴지는 마라,

내 결정에 나도 만족하니까. 이 도시에서도 우리는 잘 해냈지. 사람들의 입에서 내 이름이 오르내리는 것을 보니 마음에 들어. 너희들이 나의 존재를 잊지 못하리라는 사실을 난 잘 알아. 나를 똑똑히 보아라! 이 세상에 오직 하나뿐인 권력을 마지막으로 보아 두어라!
너희들은 너희들의 진정한 지배자가 누구인지 알아야 할 필요가 있지. 공포가 무엇인지도 배워야 해. (페스트가 웃는다) 일전에 너희들은 신과 그가 행한다는 기적을 경외한다고 했어. 그러나 너희들의 신이란 작자는 허튼짓만 일삼는 아나키스트에 불과했지. 그는 권력을 가진 상태에서 동시에 선할 수 있다고 믿었어. 그 때문에 맥락을 잃고 솔직하지도 못하게 된 것이지. 틀림없는 사실이야. 그러나 나는 오직 권력만을 택했어. 지배만을 택한 것이야. 이것이 지옥보다 더 중차대한 것임을 이제 너희들도 알겠지.
수천 년 전부터, 나는 인간들의 도시와 들판을 시체들로 뒤덮었어. 리비아나 그 척박한 에티오피아의 사막은 내가 만든 시체들을 비료 삼아 비옥해졌지. 페르시아의 영토 또한 내 시체들이 흘린 피로 기름지게 되었어. 나는 아테네를 정화의 불길로 뒤덮었고, 해변에서는 무수한 시체들을 태우기 위해 불을 피웠으며, 그 재로 그리스의 바다를 잿빛으로 만들었어. 신들, 그 한심한 신들은 나의 작업을 보며 스스로를 한심하게 생각할 정도였지. 이윽고 신전이 사라지고 대성당들의 시대가 도래하자, 우리 흑기

사들은 울부짖는 인간의 육신으로 대성당의 내부를 가득 채웠지. 오대륙 곳곳에서, 세기를 거듭하여, 나는 쉬지 않고 꾸준히 인간들을 죽여 왔어.
물론, 나쁘지 않은 작업이었어. 나름의 지론도 있었지. 그러나 그것이 전부는 아니었어…. 내 입장을 말하라면 이렇게 밝히겠어. 죽음이라는 건 상쾌한 일이기는 하지만 남는 건 없었다고. 결과적으로 죽음은 노예 하나의 가치만도 못한 것이지. 이상적인 것은 잘 선택된 소수의 죽음을 이용해서 다수의 노예들을 획득하는 일이야. 요즘에 들어서야 그 기술이 실제 적용 단계에 들어섰지. 그 덕분에 필요한 만큼의 인간들을 죽이거나 또는 욕보인 다음, 우리는 민중 전체를 무릎 꿇게 만들 수 있게 되었어. 그 어떤 고결한 성품이나 권세도 우리에 맞설 수 없을 것이다. 우리가 이 세상 모든 것을 지배하게 된 것이다.

비서 모든 것을 지배하게 됐지만, 자존심만은 예외예요.

페스트 자존심이라 해도 언젠간 떨어져 나갈걸…. 인간은 보기보다 꽤 영리하거든. (멀리서 소란스러운 움직임과 나팔 소리) 들어 봐! 드디어 내가 복귀할 기회가 왔군. 다른 이들의 고통을 돌보지 못하고 망각과 무기력에 취한 너희들의 옛 지배자들을 똑똑히 봐. 그 바보 같은 자들이 싸워 보지도 않고 이겨서 기고만장한 꼴을 보면 너희들은 신물이 날 거야. 잔혹한 것에는 반항심이 생기기 마련이지만, 멍청한 것에는 사기가 꺾이는 법. 내 앞길을 열어 주는 멍청한 놈들에게 영광 있으라! 내게 힘과 희망을 주는 것이 바로 그들이야! 언젠가 너희들은 모든 희생이 헛된 것이라 느낄 것이며, 꼴사나운 저항을 선동하는 끝없는 외침도 멎는 날이 오게 될 거야. 바로 그날이 오면, 굴복으로써 결정된 침묵 속에 나의 참된 통치가 시작될 거야. (페스트는 웃는다) 이건 버티냐 못 버티냐의 문제 아니겠어? 걱정 말라고. 나는 고개 숙인 채로 오래 버틸 수 있으니까.

페스트는 무대 안쪽으로 걸어간다.

비서 내가 당신보다도 오래 살며 본 바로는, 저들의 사랑 또한 당신만큼이나 오래 버티리라는 사실이에요.

페스트 사랑? 그게 뭔데?

페스트는 퇴장한다.

비서 여인이여, 일어나요! 나는 지쳤어요. 끝을 내야겠어요.

빅토리아가 일어선다. 동시에 디에고는 쓰러진다. 비서는 어둠 속으로 잠시 물러난다. 빅토리아가 디에고를 향해 몸을 던진다.

빅토리아 아! 디에고, 우리 행복을 두고 어떻게 된 거야?

디에고 잘 있어, 빅토리아. 나는 만족해.

빅토리아　그런 말은 하지 마, 내 사랑. 남자들이나 하는 말, 남자들의 그런 끔찍한 말은 하지 마. (빅토리아는 운다) 누구에게도 죽는 것에 만족할 권리는 없단 말이야.

디에고　나는 만족해, 빅토리아. 해야 할 일을 했으니까.

빅토리아　아니야. 하늘을 거역해서라도 나를 선택했어야지. 이 세상 전체를 구하기 전에 나를 선택했어야지.

디에고　나는 죽음과 맺은 거래 관계를 전부 이행했어, 이게 내가 가진 힘이야. 다만 그 힘이 다른 모든 걸 먹어치우는 통에, 행복마저도 힘에 먹혀 버렸을 뿐.

빅토리아　당신의 그 힘이 나와 무슨 상관이야? 내가 사랑한 것은 당신뿐인데.

디에고　투쟁을 위해 내 온몸을 갈아 넣었어. 나는 더 이상 남자로 살 수 없어, 그러니 죽는 것이 옳아.

빅토리아　(디에고에게 몸을 던지며) 자, 그러면 나도 데려가!

디에고　안 돼, 너는 이 세상에 필요해. 여자들이 살아가는 법을 가르쳐줘야 하잖아. 우리 남자들은 죽는 것밖에는 모르는 사람들이라.

빅토리아　아! 침묵 속에 서로 사랑하고, 괴로워해야 할 일에 괴로워하는 처지였다면 오히려 간단한 일이었을 텐데. 안 그래? 겁쟁이 같던 당신이 차라리 나았어.

디에고　(빅토리아를 바라본다) 나는 내 영혼을 다 바쳐 너를 사랑했어.

빅토리아　(울부짖으며) 그것만으로는 안 돼. 오, 안 돼! 영혼만 바치면 뭐 해! 당신 영혼만 가지고 나더러 무엇을 하라고!

비서가 디에고에게 손을 가져다 댄다. 임종의 순간을 나타내는 무언의 행위가 시작된다. 여자들이 달려가 빅토리아를 둘러싼다.

여자들 그대는 불행할지어다! 우리 여자들의 육신으로부터 떠나버린 모든 자들은 불행할지어다!
무엇보다 저들에게서 남겨진 우리들, 저들의 자존심으로 바꾸어 보고자 했던 이 세상에서 오랜 세월 살아가야 하는 우리들은 비참할지어다. 아! 원한다고 해서 전부를 구할 수는 없으니, 사랑의 보금자리라도 구하는 법을 알아 두자! 페스트여 오려거든 오라, 전쟁이여 오려거든 오라. 모든 문을 걸어 잠그고, 그대들과 함께 우리는 끝까지 막아낼 거야. 그리하면, 생각으로 가득 차서 말만 화려한, 고독한 죽음이 아니라, 사랑의 대단한 포옹 속에 그대들과 우리들이 들끓으며 더불어 죽는 것을 알게 될 거야! 그러나 남자들은 관념적인 것을 더 좋아해. 그들은 자신들의 어머니로부터 도망치고, 연인으로부터 떨어져 나와, 모험을 향해 달려가다가 상처도 없는 고통을 받고, 칼을 맞지 않고도 죽어. 그림자를 쫓는 사냥꾼들이여, 말 없는 하늘 아래에서 이뤄질 수 없는 결합을 부르짖으며 최후의 고립을 향해 고독에 고독을 지나, 사막 한가운데서 죽으려 하는 외로운 가수들이여!

디에고가 죽는다.

여자들이 탄식하는 동안 바람이 점차 거세게 불어온다.

비서 여러분, 울지 마세요. 대지는 자신을 아껴준 이들을 반기는 법이랍니다.

비서는 퇴장한다.

빅토리아와 여자들은 디에고를 무대 한쪽 편으로 운구한다.

무대 안쪽에서 여러 소리들이 선명하게 들린다.

새로운 음악이 터져 나오고, 나다가 도시를 둘러싼 성벽 위에서 울부짖는 소리가 들린다.

나다 이제들 왔군! 과거의 것들이 돌아왔어. 이전에 존재했던 그리고 언제나 존재하는 것들, 화석이 된 것들, 만사가 태평한 것들, 안주해 있는 것들, 궁지에 몰린 것들, 체면을 신경 쓰는 것들, 마침내 말쑥하게 면도를 하고 당당한 모습으로 자리잡은 전통이 돌아왔어. 이제는 안도하여, 다시 날개를 펴려고 하네. 드디어 원점으로 돌아가, 이전의 상태로 돌아갈 수 있게 되었어. 여기 너희들의 몸집에 딱 맞는 옷을 지어주기 위해 허무의 재단사들이 왔어. 불안해하지 마, 저들의 방식이 최선이니까. 자신들의 불행을 외치는 자들의 입을 막는 대신, 저들은 제 귀를 막기로 했지. 우리는 말 못하는 처지였으나, 이제는 들을 수 없는 상태가 될 거야. (군악대의 연주) 조심해, 역사를 쓰는 자들이 돌아온다. 우리는 영웅들을 보살펴야 해. 영웅들을 서늘한 무덤으로 모시자. 불평은 하지 마, 무덤 위에는 사람들의 복잡한 세상이 자리하고 있으니까. (무대 안쪽에서 예식을 의미하는 무언의 행위들) 저것을 봐, 저들이 무엇을 한다고 생각해? 저들은 서로 훈장을 달아주고 있지. 증오의 축제는 여전히 진행 중이고, 기진맥진한 대지는 한때 교수대였던 썩은 목재들로 덮여 있으며, 정의를 표방했던 자들의 피가 여전히 이 세상의 담벼락을 장식하고 있는데, 도대체 저들은 무엇을 하고 있는 거지? 서로 훈장을 달아주고 있다니! 만끽해, 다음은 너희들이 수상 소감을 말할 차례니까. 연단이 마련되기 전에, 내 소감을 너희들에게 간략히 말해주지. 어쩌다 보니 나 역시 좋아하게 된 저 남자는, 속아서 죽게 된 거야. (어부가 나다에게 돌진한다. 위병들이 어부를 제지한다) 당신도 알겠지, 어부, 정권은 숱하게 바뀌어도 경찰은 그대로인 법. 그러니 한 가지 정의는 존재해.

코러스 아니야. 정의는 없어. 다만 한계가 있을 뿐. 규칙은 없다고 말하는 자들은 만사에 규칙을 부여하려는 다른 이들과 마찬가지로, 모두 한계를 넘고 있어. 성문들을 열어라, 바다에서 불어오는 소금기 머금은 바람이 이 도시를 구석구석 닦아 내도록.

성문들이 열리자 바람이 점점 거세게 불어온다.

나다 그래도 한 가지 정의는 있어, 나를 구역질나게 만드는 정의 말이지. 그래, 너희들은 다시 시작하겠지. 그러나 그건 내 알 바 아니야. 내가 너희들에게 완벽한 죄인이 되어 줄 것이라고는 기대하지 마. 나는 우울에 빠지는 성격은 아니니까. 오, 낡아빠진 세상이여, 떠날 때가 왔어, 가해자들은 모두 지쳤지. 그들의 증오는 이미 차게 식은 지 오래야. 나는 너무 많은 것들을 알아 버렸어. 경멸이 지배했던 것도 과거의 일이지. 잘 있거라, 선량한 그대들이여, 언젠가 그대들도 알게 될 거야. 인간이란 아무것도 아닌 존재이며 신의 얼굴이 소름 끼치는 모습이라는 걸 알아 버린 상태에서는 제대로 살 수 없다는 것을.

폭풍처럼 불어오는 바람 속에서, 나다는 부두로 달려가 바다로 자신의 몸을 내던진다. 어부가 그의 뒤를 쫓아간다.

어부 빠져 버렸군. 성난 파도가 그를 후려치고 물결이 그의 목을 조이겠지. 거짓을 일삼던 그의 입도 소금으로 가득 차 마침내 다물어지겠지. 보아라, 분노한 바다는 아네모네 빛을 띤다. 바다가 우리의 원수를 갚는다. 바다의 분노가 우리의 분노다. 바다의 사람들은 모두 모여 고독한 자들의 집단을 이루라고 바다가 소리친다. 오, 파도여. 오, 바다여. 꺾이지 않는 투사들의 조국이여, 결코 굴하지 않는 그대의 민중이 여기 있다. 쓰디쓴 소금물을 양분 삼아 바다 깊은 곳에서 솟아난 거대한 너울이, 민중의 오염된 도시들을 쓸어낼 것이다.

막

또 다른 결말[25]

나다　　이제들 왔군! 과거의 것들이 돌아왔어. 이전에 존재했던 그리고 언제나 존재하는 것들, 화석이 된 것들, 만사가 태평한 것들, 안주해 있는 것들, 궁지에 몰린 것들, 체면을 신경 쓰는 것들, 마침내 말쑥하게 면도를 하고 당당한 모습으로 자리잡은 전통이 돌아왔어. 이제는 안도하여, 다시 날개를 펴려고 하네. 드디어 원점으로 돌아가, 이전의 상태로 돌아갈 수 있게 되었어. 여기 너희들의 몸집에 딱 맞는 옷을 지어주기 위해 허무의 재단사들이 왔어. 불안해 하지는 마, 저들의 방식이 최선이니까. 자신들의 불행을 외치는 자들의 입을 막는 대신, 저들은 제 귀를 막기로 했지. 우리는 말 못하는 처지였으나, 이제는 들을 수 없는 상태가 될 거야. (군악대의 연주) 조심해, 역사를 쓰는 자들이 돌아온다. 우리는 영웅들을 보살펴야 해. 영웅들을 서늘한 무덤으로 모시자. 아이고, 저기 우리의 실수로 치욕을 당했던 막료 영감들이 오는군.

어부　　입 닥쳐, 술주정뱅이야. 얼른 썩 꺼지기나 해라.

나다　　실수야, 연어들의 도살자여, 큰 실수로다! 저기 오는 자들

---

25 2002년 소더비 경매에 출품된 피에르 르루아의 문학 컬렉션에 포함된 타자본은 두 장 분량의 수기 원고를 포함하고 있는데, 여기에는 「계엄령」 정본의 결말과 다른 내용의 결말이 담겨 있다. 이 결말은 플레이아드 카뮈 전집 2006년판에 수록되어 있다.

은 변화를 싫어하는 사람들이야. 저들을 자극하는 건 무엇이든 저들에게 불쾌하게 느껴질 뿐이지. 그런 그들을 과하게 자극했던 것이 당신이고. 그러니 썩 꺼질 사람은 바로 당신이야. 반역자는 영원히 반역자일 뿐이며, 정부는, 하물며 적국의 정부라 할지라도, 당신과 같은 사람들을 의심의 눈초리로 바라볼 뿐이지. 당신 몸은 어딜 가나 청어 비린내를 달고 다니니, 조심하는 게 좋을걸!

어부 네놈의 목구멍을 내가 가진 가장 큰 낚싯바늘로 꿰어 매달아 놓고 배를 가르면 그다음부터는 청어 비린내가 아니라 네놈의 창자 냄새가 배겠지!

그때 페스트의 위병들은 입고 있던 제복을 벗고 이전에 입었던 옷으로 갈아입는다. 이들은 다시 이전 총독의 위병으로 돌아온 것이다.

나다 어부, 예의를 못 배운 모양이군. 그러다 다쳐! 나로 말하자면, 나는 이 세상을 다룰 수 있지. 그렇기 때문에 저 늙은 닭떼가 돌아오는 것을 보니 기뻐. 허무에 관심이 있는 나로서는, 과거의 위인들만큼이나 나에게 큰 만족을 안긴 인물이 없었다는 것이 나의 입장이니까. 경험에 비추어 보았을 때 그들의 방식이 최선이었어. 그들은 불행을 울부짖는 이들의 입을 막기보다, 오히려 귀를 막아 버렸지. 이제 우리 스스로 귀를 막고, 허무 속에 살며, 우리의 총독을 찬미하자고.

총독과 막료들이 일종의 기괴한 발레와 같은 모양새로 입장. 총독은 훈장을 나누어 준다.

총독 기쁘도다, 복된 도시가 다시 옛 주인의 품으로 돌아왔도다, 내 이 도시 전체를 훈장으로 장식하겠다. 그대들은 권력을 찬탈하였던 자를 몰아내고, 우리 도시에 평화로운 자유를 되찾아 주었습니다. 어려운 순간에 처했던 이 도시의 운명을 이끌고, 그리하여 마침내 침략자로부터 휴전을 이끌어내는 수완을 발휘하여 그대들의 용기가 헛되지 않게 된 것이 내 그대들의 총독으로서 어찌나 자랑스러운지 모릅니다. 그대들 대다수가 여전히 생존해 있고, 우리 정부와 정부를 향한 그대들의 애정을 되찾을 수 있음에 하늘에 감사, 감사드립니다.

노인들이 짧은 발레를 선보인다.

노인들의 코러스 내 그대에게 훈장을 걸어 주고, 그대는 나에게 훈장을 걸어 주고, 서로 훈장을 걸어 주고, 우리 모두 훈장을 걸어 주고….

총독 (훈장을 수여하며) 시장, (시장에게) 그대를 공공 협력[26] 공로 훈장 수훈자로 임명합니다. 그리고 당신…. (무슨 말을

26 원문의 collaboration은 '협력'의 의미도 있지만, 특히 2차 세계대전 중 독일 제3제국에 프랑스가 함락되었을 당시 일부 프랑스인의 독일 부역 행위를 뜻하기도 한다.

하는지는 들을 수 없지만, 총독은 나다에게 훈장을 수여하고 있다)

노인들의 모두 하나 되어, 모두 만족하고, 모두 훈장을 달았도다!

코러스 이제 다시 돌아갈 때다!

민중 그래, 다시 돌아가자. 과거에 새로 시작하려 했던 사람들은 죽어 버렸어. 그러니 다시 전으로 돌아갈 수밖에 없을 뿐이야. 죽은 자들의 이름을 누가 불러 줄까? 죽은 자들이 자신들의 이름을 불러 주는 것을 원치 않았다고 누가 말할 수 있을까? 어느 누구도 말할 수 없겠지. 말할 권리를 가지려 하는 자는 목숨을 바쳐야 할 거야. 죽은 자는, 그 권리를 가지고 있지만, 말할 수는 없어. 그래서 다른 살아 있는 이들이 대신 말하게 되지만, 그들에게는 그럴 권리가 없지. 그러나 더 이상 그 누구도 그것을 그들에게 말할 권리가 없게 되었어. 그러니 다시 원래대로 돌아가자….

코러스가 디에고 주위로 다시 모여든다.

코러스 하지만 우리에겐 앞선 자들의 모범과 걷어붙일 팔, 우정, 희망이 여전히 남아 있어! 우리는 비록 어둠 속에 있지만 모두를 도울 수 있는 인간의 의지를 가지고 있어. 우리는 다만 세상의 찬란함과 우리들의 고통에 의지할 뿐이야. 언젠가 그 고결함이 들고 일어설 때가 올 거야.

총독 전장에서 숨을 거둔 디에고에게 우리는 최고의 명예를 바칠 것입니다. 그의 이름이 이제 와서 무슨 소용이겠습니까? 그의 무덤은 이름을 새기지 않은 맨 포석으로 덮일 것입니다. 이 년에 한 번, 격의 없는 추모 의식이 마련될 것입니다. 익명의 영웅은 정의되지 않은 어떤 인간성을 상징할 뿐이지만, 바로 그 인간성을 위해서 우리는 필요할 때에 무엇인가를 해야만 합니다. 이는 틀림없는 사실입니다.

빅토리아 남은 거라고는 가혹한 사랑과 수없이 울부짖는 소리, 그리고 저항할 수 없는 불행의 압력밖에 없어요. 하지만 우리는 결코 굴복하지 않을 거예요!

바람이 더욱 강해진다. 나팔 소리. 침묵.

시장 페스트에 도시가 점령당한 동안 당신은 어디 있었소?

부시장 어떤 페스트 말인가요?

나팔 소리. 나다는 왼쪽에서 등장하며 그 뒤로 총독과 막료들이 따른다.

나다 그 페스트란 것 정말 끔찍했어. 페스트는 살 가치가 있는 사람을 죽였어. 하지만 죽어야 할 사람에게는 관대했지. 페스트는 수많은 사람들을 죽였는데도 내 목숨은 내버려 두었어. 그건 내가 하는 말에 정의가 있었기 때문이라고!

갑자기 바람이 폭풍으로 변하더니 코러스장인 어부가 그물로 바닥을 쓸며 무대 한가운데로 뛰어 들어온다. 거센 바람과 요란한 파도 소리로 모든 것이 휘청이는 동안 여자들과 남자들이 어부 뒤에 무리를 지어 있다.

코러스 물러가! 당신 말에 정의란 없어. 다만 한도가 있을 뿐이야. 그리고 아무것도 해결하려 하지 않는 당신들, 모든 것에 규칙을 부여하려는 당신들도 마찬가지야. 아! 당신들은 모두 한도를 넘어 버렸어. 이제 당신들이 울부짖을 때가 왔어! 성문들을 열어라, 바다에서 불어오는 소금기 머금은 바람이 이 도시를 구석구석 닦아 내도록!

성문 하나하나가 열린다.

코러스 보아라! 분노한 바다는 아네모네 빛을 띤다. 바다의 분노가 우리의 분노다. 바다의 사람들은 모두 모이라고 바다가 외치고 있다!

뱃사람과 어부들이 성문을 지나 서서히 민중과 합류하며 무대를 가득 채운다.

코러스 저들이 수평선에서부터 달려온 바람을 타고, 물과 땅이 어깨를 맞댄 대륙의 모서리인 이곳에 도착했다. 바람은 불어오고, 밤하늘은 별자리를 갈아입는다. 만선의 꿈을 품는 시기가 막 시작되었다!

남자들이 돛 모양의 깃발들을 들어올리고, 권양기가 돌아가며, 뱃사람들이 무대 사방을 뛰어다니며 마치 폭풍을 만나 용골 위로 요동치는 범선처럼 표류하는 듯한 모습이다.

코러스 동지들이여, 쥐새끼들을 잡아라! 디에고의 생각이 옳았다!

사람들은 옛 총독과 각료들, 그리고 나다를 뱃전 아래로 던져 버린다. 마지막으로 열리는 성문 너머로 넘실대는 바다가 보인다.

코러스 오, 파도여. 오, 바다여. 꺾이지 않는 투사들의 조국이여, 내 승리를 선언하는 그대의 민중이 여기 있다. 쓰디쓴 소금물을 양분 삼아 바다 깊은 곳에서 솟아난 거대한 너울이, 민중의 오염된 도시들을 쓸어낼 것이다!

거대한 파도가 선박의 갑판을 쓸어 버린다.

막

해설

사소한 저항: 느슨하지만 강건하게 정의를 말하기

왜 에스파냐인가? 「계엄령」을 읽은 독자라면 자연히 떠오를 의문이다. 1948년 마리니Marigny 극장에서 작품이 초연되었을 당시 관객이었던 평론가 가브리엘 마르셀Gabriel Marcel 또한 이 같은 의문을 담은 평론을 『레 누벨 리테레르Les Nouvelles littéraires』에 실었다. 정확히 말하자면, 그는 동구 공산권에 속했던 크로아티아나 알바니아의 항구도시가 아니라 왜 에스파냐의 카디스를 극의 배경으로 설정했는지를 문제 삼았다. 마르셀은 파부아Pavois 출판사가 제정한 비평가 상Prix des Critiques의 심사위원으로 1947년 수상작에 카뮈의 『페스트』를 선정하는 데 힘을 보탠 인물이었다. 일찍이 카뮈의 작품 활동을 지지하였던 그의 태도는 불과 일 년여 만에 『계엄령』 평론에서 확연히 달라졌다. 기실 극의 배경에 관한 이의는 마르셀이 이 작품과 카뮈를 하나로 묶어 비판하기 위한 주요한 논거로 활용되었다. 카뮈가 작품을 통해 중요성을 부각하려는 가치들, 예컨대 존엄 또는 자유와 관련해 에스파냐에서 우려할 만한 소식은 전해지지 않은 것을 근거로 하여, 그는 동구권의 공산화가 일으키는 문제들은 외면한 채 엉뚱한 카디스로 시선을 회피하는 카뮈의 태도를 두고 "비겁하며 부당한pas courageux ni même très honnête" 처사라며 강도 높게 비난하였다. 나아가 이 납득할 수 없는 배경 선정에 관해서는 장루이 바로로부터 카뮈가 "위험하게 선동된dangereusement aiguillonné" 것이 아니냐는 혐의를 제기하였다.

1948년 10월 초연된 카뮈의 「계엄령」은 그 유명한 『페스트』의 작가가 쓴 신작 희곡이라는 후광에 힘입어 입소문을 끌어내는 데에는 성공하였다. 그러나 정작 막을 올린 뒤 평단의 반응은 대체로 호의적이지 않았다. 객관적으로 살펴보기는 어려우나 객석의 반응도 그와 비슷하였다는 증언에 미루어 볼 때 「계엄령」의 흥행 성적은 이전에 발표한 1947년의 「칼리굴라Caligula」나 이후에 발표한 1949년의 「정의로운 사람들Les Justes」과 비교하면 아쉬운 실적이었다. 카뮈와 바로 역시 이 작품에 대한 아쉬움을 밝히는 데 주저하지 않았다. 호의적이지 못한 반응의 근거를 찾자면 『페스트』의 작가에 건 기대가 과도했던 것을 원인으로 꼽을 수도 있고, 로제 바양Roger Vailland을 비롯한 여러 평론가가 지적하는 맥락의 결여가 원인일 수도 있으며, 아니면 마르셀이 "방종에 절여진 극도의 형식주의un véritable académisme dans le forcené"라고 비판하듯 작품의 구조와 표현 등의 내적 요소에서 그 책임소재를 찾을 수도 있을 것이다. 그러나 이 작품을 둘러싼 당대 평단의 반응을 제대로 이해하기 위해서는 행간을 보다 정치하게 관찰해야 할 필요가 있다. 여기에는 일반적으로 극예술을 비평할 때 활용되는 요소들보다도 더욱 복잡한 이해관계가 침윤되어 있기 때문이다.

우선 마르셀이 공범으로 지목한 장루이 바로를 살펴보아야 한다. 그는 연극연출가 뒬랭Dullin[1]의 수제자로 연극에 입문하였는데, 그때 뒬랭은 코포Copeau[2]의 비외콜롱비에Vieux-Colombier에서 명성을 쌓은 뒤 테아트르 드 라틀리에Théâtre de l'Atelier라는 독립극단을 창설하여 독자적인 연극관을 실현하고 있었다. 바로는 뒬랭에게서 연기와 표현을 연마하였고, 그의 극단에서 아르토Artaud나 드크루Decroux[3] 등의 초현실주의자들과도 교유하였다. 당시 초현실주의자들은 공산주의에 귀의하거나, 공산주의와 협력하거나, 혹은 예술의 자유에 더욱 천착하는 쪽으로 나뉘었는데 대체로 공산주의와 어떠한 형태로든 관계를 맺는 것이 보통이었다. 이에 바로는 후자, 그의 표현을 직접 빌리면 '아나키스트'의 입장에 섰으나, 바로의 반대파는 그가 초현실주의자들과 자주 어울린다는 이유로 마르크스의 사상에 고무되었다고 판단했다. 바로의 연극론을 대표하는 '총체극'이라는 개념 자체는 그때까지만 해도 프랑스 연

1 샤를 뒬랭Charles Dullin(1885-1949)은 프랑스의 연극연출가로 코포의 영향을 받아 비외콜롱비에에서 활동하였으며, 함께 활동한 루이 주베Louis Jouvet, 조르주 피토예프 Georges Pitoëff, 가스통 바티Gaston Baty와 묶여 프랑스 연출계를 주도한 '카르텔 데 카트르'의 일원으로 평가받는다.

2 자크 코포Jacques Copeau(1879-1949)는 프랑스의 연극연출가로 원래 평론가로 경력을 시작하였으나 아돌프 아피아Adolphe Appia와 고든 크레이그Gordon Craig, 에밀 자크달크로즈Émile Jaques-Dalcroze의 영향을 받아 연출계로 전향하였다. 당시 유럽에 일었던 연극개혁운동에 적극 가담하며 연극의 상업주의를 배격하고 고전 희곡에 천착하여 연극 본래의 특성을 복구하는 데에 주력하였다.

3 에티엔 드크루Étienne Decroux(1898-1991)는 프랑스의 마임안무가로 코포의 비외콜롱비에 극단에서 수학하였으며 이후 뒬랭과 바로와 함께 활동하였다. 동양 무용의 양식성을 마임에 접목하려고 시도하며 프랑스 마임의 혁신을 불러일으켰다.

극계 하면 대번에 떠오르던 코메디프랑세즈Comédie-Française[4] 류의 전통과 질서 본위의 고전극과 형태부터 전연 다른 것이었고, 보수적인 관점을 가진 이들에게 바로의 전위적인 작업은 대중적 성공에도 불구하고 그에게 이단아라는 수식어를 안겨줄 만하였다.

그에게 규율이라는 것은 연극이나 삶을 위해서 극복해야 할 장애물에 불과하였다. 1937년 앙투안Antoine 극장에서 세르반테스Cervantes[5]의 〈누만시아Numance〉를 연출하여 흥행에 성공한 직후 바로는 연인 마들렌 르노와 함께 나체주의 마을이 있는 르방Levant 섬[6]에 가서 생활하였다. 제2차 세계대전 당시 프랑스가 독일에 점령되었을 때 코메디프랑세즈 극장장이었던 코포의 천거로 계약단원이 된 바로는 정단원 심사를 앞두고 고참 단원인 앙드레 브뤼노André Brunot[7]가 정단원을 희망하는지를 물어오자 울면서 거절할 정도로 매이는 것을 거부했다. 당시 코메디프랑세즈의 정단원이 된다는 것은 상당한 명성을 획득하는 것은 물론, 은퇴 후에도 20년간 단원 신분이 보장되는 일종의 종신서원과도 갈

4 코메디프랑세즈는 1680년에 설립된 극단을 말하는 동시에 이 극단의 거점인 팔레 루아얄의 극장을 의미한다. 원래 이 극장은 몰리에르Molière의 극단이 왕실의 허가를 받아 사용하고 있었으나, 몰리에르 사후 파리에 소재하였던 주요 극단을 통합하여 새로 만든 극단인 코메디프랑세즈가 점유하게 되었다.

5 미겔 데 세르반테스Miguel de Cervantes(1547-1616)는 에스파냐의 작가로 대표작인 『돈 키호테』가 있다.

6 프랑스 남부 지중해에 위치한 섬으로 1931년 설립된 유럽 최초의 나체주의 마을인 헬리오폴리스 Héliopolis가 있는 것으로 유명하다. 헬리오폴리스 이외의 지역은 군사구역으로 민간인의 출입이 금지되어 있다.

7 앙드레 브뤼노André Brunot(1879-1973)는 프랑스의 배우로 파리 콩세르바투아르Conservatoire를 졸업하고 1903년부터 코메디프랑세즈에서 활동하였다. 통산 351번째 정단원으로, 1944년 극단에서 나와 바로가 이끄는 르노바로 극단으로 이적하였다. 1952년 코메디프랑세즈 명예단원으로 임명되었으며 레지옹도뇌르 오피시에 훈장을 서훈받았다.

았다. 그가 흘린 눈물은 극단의 전통보다 미지의 세계를 더 매력적으로 느끼고 있었다는 증거였다. 그러나 그 미래의 불확실성을 우려한 바로는 입장을 번복하였고, 1943년에 통산 408번째 정단원이 되었다.[8] 정단원이 된 바로는 고전극 주류의 코메디프랑세즈에 폴 클로델Paul Claudel[9]의 「비단 구두Le Soulier de Satin」를 레퍼토리에 포함하는 과감함을 선보여 객석에 신선한 충격을 주었으며, 1946년 코메디프랑세즈의 개혁 문제를 두고 정부와 충돌한 끝에 제 발로 극단을 나왔다.

바로는 자신이 공산주의자 또는 사회주의자임을 스스로 밝힌 적이 없었다. 오히려 자신을 아나키스트로 생각하였다. 그는 피카소나 엘뤼아르처럼 공산당 활동에 열렬히 가담한 동료 예술가들과 오래 교유하였으나 공산당에 입당하지도, 좌파 진영에 적극적으로 가담하지도 않았다. 마르크스의 사상을 연극에 녹인 가장 성공적인 사례로 손꼽히는 브레히트Brecht[10]와도 몇 차례 만남을 가졌으나, 실타래와 같이 여러 줄의 노선을 가지고 작업하였던 바로는 명확한 하나의 노선만을 견지하는 브레히트에 대해 심리적 장벽을 느끼고 있음을 스스로도 고백한 바 있었다. 그럼에도 불구하고 바로가 「계엄령」의 부진한 흥행을 초래한 인물로 지목된 까닭과, 그것에 평론가가 민감하게 반응할 수밖에

---

8 코메디프랑세즈는 1년 이상의 계약단원 경력을 가진 자에게 정단원으로 입단할 수 있는 자격을 부여하며, 1680년부터 입단 순서를 매겨 단원명부를 관리하고 있다.

9 폴 클로델Paul Claudel(1868-1955)은 프랑스의 외교관이자 작가로, 조각가 카미유 클로델의 남동생이다. 미국과 중국, 독일, 일본 등에서 외교관으로 근무하였으며 종교적인 신념을 바탕으로 한 다양한 작품을 창작하였다.

10 베르톨트 브레히트Bertolt Brecht(1898-1956)는 독일의 극작가로 아리스토텔레스의 시학이 강조하는 몰입과 동일시를 거부하고 객관적인 검토와 분석을 강조하는 서사극 이론을 주창하였다. 「억척 어멈과 그 자식들」, 「사천의 선인」 등의 희곡을 남겼다.

없었던 원인을 이해하기 위해서는 1948년부터 온 유럽을 잠식하기 시작한 냉전의 공포를 언급해야만 한다. 레몽 아롱Raymond Aron[11]이 그해 『대분열Le Grand Schism』을 발표하며 일찍이 냉전을 예견하였다고 평가되는 것과는 달리, 이미 냉전의 징후는 그로부터 한두 해 전부터 충분히 포착되고 있었다.

1944년 프랑스 해방으로 최고 수훈의 영예를 누린 것은 단연 프랑스 공산당PCF이었다. 전쟁 초기에만 해도 독소불가침조약으로 인해 독일에 적극적으로 대항하지 못했던 PCF는 정당 해산과 소속 국회의원들의 의원직 박탈이라는 치욕을 겪으며 궤멸적인 상황에 놓여 있었다. 당수 모리스 토레즈Maurice Thorez[12]는 소련으로 도주하였고, 2인자였던 자크 뒤클로Jacques Duclos[13]는 독일이 조약을 어기고 소련을 침공하자 풍비박산 난 당을 국민전선Front national[14]이라는 이름의 조직으로

11 레몽 아롱Raymond Aron(1905-1983)은 프랑스의 학자로, 고등사범학교를 졸업하고 파리 대학교, 고등연구실습원, 국립행정학교 등에서 근무하였다. 『르 피가로』의 편집위원으로 30여년간 근무하며 『지식인의 아편』, 『대분열』 등 다양한 저서를 남겨 우파 지성의 거두로 손꼽힌다.

12 모리스 토레즈Maurice Thorez(1900-1964)는 프랑스의 정치인으로 1919년 노동자 인터내셔널 프랑스지부(SIFO)를 통해 정계에 입문하였으며 이후 프랑스 공산당으로 당적을 옮겨 사망 이전까지 당원직을 유지하였다.

13 자크 뒤클로Jacques Duclos(1896-1975)는 프랑스의 정치인으로 1920년 창당된 프랑스 공산당을 통해 정계에 입문하였다. 모리스 토레즈가 소련으로 피신하자 프랑스에 남아 프랑스 공산당을 수습하였으며, 대독 항쟁을 위한 레지스탕스를 조직하여 항독 투쟁을 이끌었다.

14 장 마리 르펜Jean Marie Le Pen이 1972년 창당한 극우 계열 정당인 국민전선과는 명칭만 동일할 뿐 아무런 관계가 없다.

수습한 다음 항독 레지스탕스 운동에 적극 가담하였다. 국민전선은 과거 에스파냐 내전 당시 국제여단으로 참전하였던 경험을 살려 무장 투쟁에서 독일군을 상대로 상당한 위력을 발휘하였으며, 영국과 미국 등에서 수집한 전황 자료를 보도하거나 노동자들을 조직하여 노동 투쟁을 독려하는 등 모든 수단을 동원하여 조국 해방에 주력하였다. 그 결과 해방을 맞은 프랑스에서 PCF는 드골 장군이 이끄는 자유 프랑스 진영보다 시민들로부터 더 많은 지지를 받았다. 각계각층의 입당원서들이 쇄도하였으며 유력 지식인들이 PCF에 합류하여 『레 레트르 프랑세즈 Les Lettres françaises』나 『뤼마니테L'Humanité』 같은 공산계열의 지면에서 목소리를 내었다. PCF는 이제 더 이상 모스크바의 꼭두각시라는 선입견에서 벗어나 '총살된 7만5천 명의 정당parti des 75,000 fusillés' 또는 '지식인 정당Parti de l'Intelligence'이 되었다. 시민들의 지지에 힘입은 PCF는 1945년 제헌의회에서 26%의 득표로 제1당이 되었다. 이후 좌파 계열 정당들의 3당 연합체Tripartisme는 드골이 원하던 강력한 대통령제가 아닌 양원제 의원내각제를 골자로 한 헌법 개헌안을 통과시켜 제4공화국을 열었으며, PCF는 1946년 국민의회에서도 28%의 득표로 제1당이 되었다. 이 시기의 PCF는 마르크스주의 혁명보다도 공화국의 입헌 질서를 수립하는데 밀접하게 관여하며 합법성의 영역으로 편입되는 것처럼 보였다.

일찍이 선전전술의 진가를 알았던 소련과 마찬가지로 지식인들을 활용해 정치적 영향력을 넓혀갔던 PCF는 종전 직후 열렬한 지지와 인기를 누렸다. 곧 현실적인 청구서가 당 앞으로 도착하였다. 전시에 파괴된 프랑스의 산업 생산능력은 현저히 떨어진 상황이었다. 부족한 자원과

달러보유고에 배급 경제가 지속되었고, 그 여파로 물가상승률은 해마다 50%대를 기록하였다. 프랑스가 보유한 식민지에서 일제히 독립을 요구하며 들고 일어섰으며, 특히 인도차이나와 마다가스카르에서는 무장 투쟁의 조짐이 보였다. PCF와 좌파 진영의 3당 연합체는 분열되었고, 이들은 악화일로를 걷는 국가 경제의 재건에 관하여 마땅한 묘안이 없었다. 이때 유럽의 정세를 주시하고 있었던 미국은 트루먼 독트린과 마셜 플랜을 통해 전쟁으로 파괴된 유럽 경제에 개입하기 시작하였다. 마셜 플랜은 표면적으로는 인도주의에 의한 무상 지원을 표방하였으나, 그 이면에는 소련의 공산주의 팽창으로부터 자본주의 유럽의 영토를 사수하려는 간섭의 의도가 담겨 있었다. 트루먼 독트린에 기반한 수혜 조건은 대상국이었던 벨기에, 프랑스, 이탈리아에서 좌파 장관들이 실각하는 이른바 '축출 파동'을 일으켰다. 소련은 즉각적으로 즈다노프Zhdanov[15]를 통해 미국을 세계 헤게모니 장악 야욕을 가진 정복주의적이며 제국주의적 성향을 가진 집단으로 규정하고, 마셜 플랜은 유럽을 미국 자본에 복속시키고 소련 침략을 획책하려는 책동이라는 입장을 내었다. PCF는 지식인들을 내세워 모스크바의 지령에 말미암아 미국과 마셜 플랜을 비난하였다. 이들은 반미 사상투쟁을 위해 『라 누벨 크리티크La Nouvelle Critique』를 창간하며 18세기부터 프랑스 내부에 형성된 반미주의 정서를 자극하였다. 이들에게 미국은 정신적으로 빈곤한 '문화적 사막'이었

15 안드레이 알렉산드로비치 즈다노프Andrei Alexandrovich Zhdanov(1896-1948)는 소련의 정치인으로, 1934년부터 공산당 간부로 선출되며 두각을 드러내었다. 스탈린의 사상에 적극 동조하며 예술계를 대상으로 한 대규모 정풍운동을 일으켰으며, 1947년 해체된 코민테른을 대체하는 코민포름을 창설하여 공산권 국가 및 해외 공산당을 대상으로 상당한 영향력을 행사하였다.

으며, '삶의 달콤함la douceur de vivre'이라는 프랑스의 가치와 달리 '부 richesse'의 가치를 맹종하는 집단에 불과하였다. 그러나 프랑스 시민들의 반응은 냉담하였다. 공산당의 선전에는 경제 재건에 대한 대책이 결여되어 있었고, 적지 않은 프랑스 시민들이 미국과 소련 어느 편에도 가담하지 않는 중립주의적인 시각을 가지고 있었다.

1948년이 되면서 프라하 공산쿠데타와 티토Tito[16]의 축출, 크라브첸코 사건[17]과 같은 대형 사건들로 인해 PCF의 위상은 종전 직후와는 정반대의 상황에 놓였다. 선전선동이라는 견고한 포장재에 가려 있었던 소련의 본모습, 즉 스탈린의 잔혹성이 폭로되기 시작한 것이다. 이제 유럽은 본격적으로 냉전 체제에 돌입하였다. 티토 축출은 PCF의 내부 분열을 초래하였다. PCF는 모스크바의 지시를 받아 당 차원에서 티토를 규탄하였다. 충격을 받은 친 공산당계 지식인들은 공산당에서 빠져나오거나, 사르트르Sartre의 혁명민주연합RDR과 같이 대안적인 정치 집단

16 요시프 브로즈 티토Josip Broz Tito(1892-1980)는 유고슬라비아의 정치인으로 2차 세계대전 당시 독일에 대항하는 무장 투쟁 운동을 조직하였다. 해방 이후 1948년 유고슬라비아 사회주의 연방공화국을 건국하였으며, 유고슬라비아 내에 군사적 영향력을 행사하려는 소련과 충돌하며 코민포름에서 영구 제명되었다. 이후 1974년 헌법 개정으로 스스로 종신 대통령에 올라 1980년까지 장기집권하였다.

17 크라브첸코 사건은 미국으로 망명한 소련 출신 관료인 빅토르 크라브첸코Viktor Kravchenko(1905-1966)가 소련 체제를 비판하기 위해 지은 책이 『나는 자유를 선택했다J'ai choisi la liberté』라는 제목으로 프랑스에 번역 출간되며 발생한 일련의 논쟁을 말한다. 크라브첸코는 이 책에서 소련의 강제 노동수용소의 실상을 폭로하였는데, PCF는 기관지를 통해 이를 터무니없는 주장이라 호도하였고, 이를 크라브첸코가 명예훼손으로 고소하였고 끝내 승소하였다.

의 구성을 시도하였다. 그러나 대다수의 좌파 지식인들은 스탈린 식 전체주의의 경직성과 잔혹성보다 달러 패권이 가져올 핵전쟁이 더욱 공포스러운 것이라는 생각에, 전쟁을 막기 위해서는 어느 한 쪽에 동조하여 상대편을 반대하기보다 계획경제와 민주주의를 적절히 융합하는 체제를 만들어야 한다는 시각을 견지하였다. 여전히 막강한 영향력을 행사하고 있었던 레지스탕스의 공훈도 무시할 수 없었으며, 공산주의에 가해진 비판에 대한 반성과 자정을 위해서라도 반-반공산주의anti-anti-communisme를 주장하는 목소리에 힘을 실어야 한다는 입장이었다. 그러나 머지않아 프랑스에 영광의 30년Les Trente Glorieuses[18]을 안길 미국의 원조는 이미 작동하고 있었으며, 총 3백억 달러 규모의 지원이 도입될 터였다. 이제 공산주의는 프랑스를 해방시킨 주역이 아니라 독일 제3제국에 이어 새롭게 등장한 전체주의의 표상이 되었으며, 이는 자유 진영으로의 편입이 가속화되었던 프랑스에서는 용인될 수 없는 것이었다.

이러한 의미에서 마르셀이 비판한 것은 카뮈의 「계엄령」이 전체주의에 대한 비판을 담지하면서도 이에 적합한 배경인 공산국가를 극의 무대로 삼지 않은 태도였고, 그는 그러한 결정에 공산주의자로 의심된 바로의 영향을 제기한 것이다. 자유 진영의 당장 시급한 적수인 스탈린의 전체주의적 노선이 아닌 철저한 반공산주의를 표방한 프랑코Franco[19] 체제의 에스파냐를 극의 배경으로 삼은 「계엄령」은 막 냉전 체제에 돌

18 미국의 원조를 통해 프랑스가 경제 재건을 넘어 호황을 맞이하였던 1945년부터 1975년까지의 시기를 말한다.

19 프란시스코 프랑코Francisco Franco(1892-1975)는 에스파냐의 군인이자 국가원수로, 에스파냐 내전을 일으켜 1939년 최고 통치자인 카우디요에 스스로 올랐다. 이후 1975년 사망할 때까지 에스파냐의 실권을 장악한 독재자로 군림하였다.

입한 프랑스 반공산주의 진영의 지식인들에게는 당황스러운 작품이었다. 당황한 것은 평론가들만이 아니었다. 바로는 카뮈와의 첫 만남을 열광적이라고 기억하였다. 그는 카뮈와의 협업을 '기쁨joie'이나 '희희낙락euphorie'과 같이 긍정적인 단어들을 통해 회고하였다. 그러나 막상 완성된 희곡은 바로가 원래 의도하였던 바와는 다른 성격의 주제를 가지고 있었다.

> 첫 번째 함정, 우리가 깨닫지 못한 또 하나의 함정이 있었다. 미처 알아차리지도 못한 사이에 주제가 형이상학적인 의도(대니얼 디포, 아르토)에서 정치적인 의도(카뮈, 히틀러, 나치즘)로 슬그머니 바뀌어버렸다. 이윽고 오해가 시작되었다. 그러나 그때는 너무 늦어버린 것을 어쩐단 말인가! 나치즘의 집단수용소에 대한 공포는 페스트라는 질병의 힘 그리고 악의 힘을 통하여 구원하는 전염병과는 아무런 관련이 없었다. 내 생각에는 그것이 우리들이 실패하게 된 근본적인 원인이 아니었을까 싶다. 게다가, 너무나 고결한 서사이지 않은가! 그리하여 「계엄령」은 실패하였던 것이다.[20]

바로는 대니얼 디포의 작품과 아르토를 적절히 접목하여, 질병과 죽음을 통해 내면의 억압을 정화하는 일에 무게를 두었던 것으로 보인다. 그러나 정작 카뮈가 완성한 작품을 보면 페스트를 전체주의의 은유로 활용하는 시도가 엿보인다. 이에 『르 피가로 리테레르Le Figaro

---

20 Jean-Louis Barrault, Souvenir pour demain, Paris, Seuil, pp. 204-205, 1972.

littéraire』는 「계엄령」의 초연 소식을 알리는 기사에서 「마리니 극장에서 페스트가 나치 제복을 입다Au Theatre Marigny, la Peste porte l'uniforme nazi」라는 헤드라인을 달았다. 바로는 이 작품을 '첫 번째 실패작premier échec'이라고 설명하였다. 그는 연극의 정치화를 경계하였다. 연극은 감각으로 이해해야 하는 것이며, 분만의 고통으로 희곡을 창작해야 한다고 보았던 그는 이러한 작업에 자신이 없는 사람들이 연극을 정치와 접목시킨다고 보았다. 이 관점은 예컨대 브레히트의 연극관에 바로가 공감하지 않았던 이유가 된다. 브레히트의 서사극은 관객의 몰입 자체를 허용하지 않는다. 무대 위에 던져진 정치적 물음에 관객은 자신의 감정과 결정을 스스로 검토해야 하는 능동적 주체의 입장에 놓인다. 그런데 브레히트는 바로가 아르토에게서 배운 것들과는 대척의 위치에 있었다. 아르토는 인간의 오감을 자극하여 카타르시스를 통한 정신의 해방을 추구하였다. 그것은 정치의 옳고 그름의 문제보다는 더욱 고차원적인, 우주와 존재의 본질이라는 형이상학의 문제에 천착하는 데 적절한 연극관이었다. 아르토는 「연극과 페스트Le théâtre et la peste」에서 죽음 아니면 극단적 정화만 남는 고등한 질병인 페스트와 연극이 동류라고 주장하였다. 따라서 아르토가 페스트의 연극화에서 추구하였던 것은 그러한 파괴적인 균형에서 추출할 수 있는 잔혹성을 통해 인간의 내면에서 잠자던 갈등을 정화하는 작업이었다고 짐작할 수 있으며, 이는 결국 바로가 의도하였던 바와 일치할 것이다. 이후 바로는 「계엄령」의 경험으로 인해 앞으로 카뮈와의 협업 가능성이 없음을 시사하였다. 카뮈가 일러두기에서 밝힌 바로의 이름을 병기하지 못한 존중할 몇 가지 이유에는 자신의 이름이 정치적인 오해를 살 수 있다는 바로의 염

려도 있었겠지만, 바로가 남긴 기록을 볼 때 본인의 의도와는 다른 정치적인 작품이 되어버린 것에 대한 일종의 유감이 포함될 수 있으리라고 짐작할 수 있다.

그렇다면 카뮈는 왜 에스파냐를 선택했는가? 이 질문에 대한 답은 카뮈가 『콩바Combat』 1948년 11월 25일자에 발표한 칼럼 「왜 에스파냐인가?Pourquoi L'Espagne ?」에서 구할 수 있다. 사실상 이 글은 마르셀의 혹평에 대한 카뮈의 응답으로, 그는 희곡의 배경을 왜 동구권으로 설정하지 않았냐는 마르셀의 지적에 대해 비평가의 특권을 넘어선 지적이라고 주장하였다. 나아가 바로의 선동 의혹에 관해서는 이 작품이 전적으로 자신의 판단으로 창작되었음을 분명하게 밝혔다. 앞서 언급한 바로가 전혀 뜻밖의 주제라고 스스로 밝힌 언급은 사실이었던 것이다. 카뮈는 좌우를 떠나 여전히 작동하고 있는 전체주의적 방식의 사회 유형을 겨냥하여 「계엄령」을 창작하였다. 카뮈가 그 배경을 에스파냐로 선정한 까닭은 시나브로 밝혀지고 있었던 동구권의 철의 장막 안쪽에 자리 잡은 폭력의 잔혹성이 서구권에도 충분히 자리할 수 있으며 그 생생한 예가 바로 프랑코 치하의 에스파냐였기 때문이었다. 카뮈는 프랑스가 팔랑헤Falange[21]의 전체주의를 막아내려는 에스파냐 공화파에 대한 지원을 국제적 신뢰를 이유로 망설였던 탓에 이베리아 반도의 보나파르트가 탄생하는 상황을 거의 방조한 책임이 있다고 생각했다. 프랑코가 스스

21 팔랑헤는 1934년 창당한 에스파냐의 정당으로, 에스파냐 내전 당시 국민파에 가담하고 이후 프랑코 정권 당시 유일한 합법 정당이었다. 프랑코 사후 1977년 해산되었다.

로 카우디요Caudillo(지도자)에 오른 뒤 프랑스로 피신한 에스파냐 공화파의 일부가 레지스탕스에 가담하여 대독 항전에 힘을 보태었다가 고초를 겪거나 유명을 달리하는 숱한 희생이 있었다. 그래서 카뮈는 왜 동구권의 공산주의는 비판하지 않느냐는 마르셀의 주장을 논점 일탈의 오류에 경도된 것으로 보았던 것이다.

카뮈가 중요하게 본 것은 철의 장막 뒤편에서만이 아닌, 에스파냐나 프랑스에서도 충분히 발생할 수 있는 폭력의 탄력성이었다. 가장 가까운 선례가 피레네 산맥 너머에서 여전히 작동되고 있었다. 2차 세계대전에서 추축국의 패색이 짙어지자 독일을 위해 지원한 청색사단[22]을 급히 물리고 중립적인 입장을 취하면서 전후 권력을 지키는데 성공한, 철저한 반공산주의를 표방하는 독재자 프랑코가 이베리아 반도에서 저지른 온갖 만행들. 그것은 정치적 진영 논리로 갈음할 수 없는, 에스파냐 민중의 생존에 대한 시급한 위기였다. 비록 공화파는 패배하고 이베리아 반도는 프랑코의 일인 독재에 잠식되었으나, 작가는 「계엄령」의 배경을 에스파냐의 카디스로 설정함으로써 내전 이전의 에스파냐에 존재하였던 자유에 대한 기억을 잊지 않고 현재의 위치에서 간직하는 방식으로 연대한다. 이는 전체주의를 거부하는 자유인이 마땅히 지향해야 할 가치이자, 자유를 위한 에스파냐 공화파의 투쟁에 묵인과 방조로 일관하였던 과거 프랑스의 잘못에 대한 자성적인 태도이다.

기실 카뮈는 우리 주변의 고통받는 사람들을 위해 증언하고 소리 높

22 청색사단이란 2차 세계대전 당시 에스파냐가 독일에 파병한 독일 국방군 소속 외인부대이다. 독일에 도착할 당시 입고 있었던 푸른색의 팔랑헤 제복에 빗대어 청색사단이라는 별명이 붙었다. 이후 전황이 연합군에 유리해지자 프랑코의 지시로 1943년에 철수하였다.

여 외치는 것이 작가가 지녀야 할 사명임을 정확히 인지하고 있었다. 따라서 전체주의에 대한 은유를 노정하는 극의 배경이 동구권이 아니라며 문제 삼는 마르셀의 지적은, 몇 해 전 이웃이 겪었고 현재 진행 중인 전체주의의 비극에 대해 프랑스가 취하는 위선적인 태도에 대해서는 눈감으면서도 이념적 대립에 매몰된 협소한 시각에 다름 아니다. 카뮈에게는 페스트라는 질병에 가까운 전체주의가 철의 장막 저편에서 동유럽을 유린한다는 이유가, 당장 피레네 산맥 너머의 에스파냐에서 여전히 자행되고 있는 또 다른 페스트의 탄압과 그것이 호시탐탐 서유럽의 침입을 노리고 있음을 용납하는 근거가 될 수 없는 것이었다. "그렇다, 정말로 왜 에스파냐인가? 왜냐하면 다른 많은 사람들과 마찬가지로 당신은 그 기억을 잊어버렸기 때문이다."[23]

에스파냐 내전의 경과와 내전 당시 카디스에서 벌어진 일들을 종합해 보면, 「계엄령」은 마치 내전 당시 카디스를 재현하는 듯 죽음과 혼란이 복잡하게 얽힌 모습을 무대 위에 그려낸다. 불길한 징조를 몰고 온 혜성같이 갑작스레 일어난 내전, 국민파의 편에 서서 에스파냐의 전체주의화에 동조한 가톨릭계를 묘사하는 듯한 사제의 태도, 끊임없는 숙청과 학살을 통해 공포를 통치 질서로 구조화한 프랑코 정권과 흡사한 페스트와 비서, 허무주의를 정당성으로 삼는 전체주의를 풍자하는 듯한 나다의 존재, 거대한 전체주의 앞에 홀로 맞서는 초라한 반항인으로서 디

23 Albert Camus, "Pourquoi l'Espagne ?", Œuvres Complètes II, Paris, Gallimard, p. 485, 2006. 이하 본 서적에서의 인용문은 ŒC. 로 표기한다.

에고라는 캐릭터 등 「계엄령」을 구성하고 있는 모든 요소들이 에스파냐 내전의 은유라고 해석될 만한 여지를 가지고 있다.

하지만 상기하였듯 이 작품에 안배한 카뮈의 의도들을 톺아보면 그것이 단지 에스파냐에만 국한되는 서사가 아님을 알 수 있다. 이 작품은 단지 특정한 역사적 사례의 은유로써 상연되고 해석되어야만 하는 작품이 아니다. 비록 카뮈가 에스파냐에 대한 기억을 보전하기 위한 목적으로 극의 배경을 카디스로 설정하였으나, 「계엄령」의 주제에 침윤된 문제의식, 즉 언제 어디서든 출현할 수 있는 전체주의의 공포와 폭력은 인류의 역사와 미래를 통틀어 다루어질 수 있다.

당시 평론가들의 비판에도 불구하고 이 작품이 훌륭한 이유는 작품 속에 드러나는 카뮈의 뛰어난 통찰력, 압제 또는 폭정이 특정 이데올로기에 국한하는 문제가 아님을 이미 간파하고 있었다는 점이다. 무도한 권력이 자행하는 폭력은 자유 진영과 공산 진영을 가르지 않는다. 그것은 단지 어떻게든 편을 가르려는 인간들의 이데올로기라는 개념에서만 존재하는 것들이다. 작중의 페스트가 그러하였듯이, 공포는 오로지 권력과 지배만을 택할 뿐이다.

카뮈는 1946년 11월에 발표한 「두려움의 세기Le Siècle de la Peur」에서 20세기를 '테러terreur'의 세기로 규정한다. 프랑스어에서 이 단어는 극도의 공포를 나타내지만, 한편 공포정치 또는 폭정을 의미한다. 그는 양차대전을 거치며 인간에게 언어를 통해 인간적인 반응을 타인으로부터 이끌어낼 수 있는 신뢰가 파괴되며 대화가 중단되고, 설득할 수 없는 대상에게는 두려움만 남았다고 보았다. 설득이 불가한 시대에 인간은 공포 속에서 살아갈 수밖에 없으며, 공포가 만든 세상이란 살인이 정당화되며 인간의 생명이 하찮은 것으로 취급되는 세상이다. 이 작품의 이름이 「계엄령」으로 확정되기 전까지 카뮈는 「카디스의 종교재판 L'Inquisition à Cadix」이라는 이름을 염두에 두고 있었는데, '종교재판 Inquisition'이라는 어휘는 엄밀하게 근대 이전까지 유럽 로마가톨릭에서 횡행하였던 이단 심문을 의미한다. 그는 책 앞에 붙이는 제사(題詞)로 파스칼Pascal의 다음과 같은 어록을 인용할 생각도 가졌다. "종교재판과 사회는 진리가 주는 두 가지 재앙이다."[24]

대부분의 공포정치 체제에서 가장 먼저 탄압하는 것이 표현의 자유라는 사실은 카뮈가 왜 대화와 설득을 중요하게 생각하는지에 관한 실마리를 제공한다. 집회나 결사, 언론, 출판, 예술 등 인간의 사고를 표현할 수 있는 어떠한 방식이라도 권력의 통제 아래에 놓이는 순간 검열을 통해 허가된 최소한의 것들만 언명될 수 있다. 이제 언명 행위 자체가 권력의 지표가 된다. 「계엄령」에서도 표현의 검열은 쉽게 확인된다. 총독은 혜성이 일으키는 파문을 근절하기 위해 혜성 출현 자체를 언급하지 못하도록 강요하는 명령을 내리고, 페스트는 공포와 죽음으로 점철된 새 규율의 사회를 위해 기존의 관습을 말소하는 허무주의적인 사고를 카디스의 민중에 강요하며 그 방편으로 민중의 입에 재갈을 물린다. 나아가 민중이 애매모호한 것에 길들여지도록 난해한 내용의 포고령이나 공문서 따위로 민중의 일상을 조작한다. 페스트가 극의 말미에서 카디스를 떠나기 전에 남기는 대사에서 자신의 지배가 언제든 다시 돌아올 수 있음을 암시하며 그 전제조건을 민중의 침묵으로 설명하는 것은

24 ŒC., p. 1117.

우연이 아니다. 페스트의 권력은 창궐할 만한 최소한의 조건만 갖추어지면 어김없이 등장하는 질병으로서의 페스트와 유사한 작동기전을 가진다. 전염에 적합한 여건만 조성된다면 언제라도 횡행하는 페스트균처럼, 카디스를 죽음의 공포로 몰아넣었던 페스트의 폭정도 끈질긴 생명력으로 언제든 다시 권력을 획책하기 위해 때를 보며 잠복할 수 있다. 그 조건은 바로 대화가 중단되고 신뢰가 파괴된 세상이다.

카뮈가 이 작품을 희곡으로 창작한 이유는 무엇일까? 희곡은 연극 상연을 염두에 두고 있기 때문에 소설과는 구조와 표현 방식에서 구별된다. 소설에서 독자는 서사의 인물들을 직접 눈으로 볼 수 없다. 그러나 희곡을 토대로 만들어진 연극에서 관객은 서사의 인물들을 연기하는 배우들을 눈으로 볼 수 있다. 즉 소설이 인쇄된 문자들로 이루어진 행간을 수용자가 따라 읽으며 서사를 이해하는 간접적인 방식을 취한다면, 희곡이란 극중 인물을 맡은 배우가 신체를 이용하여 드러내는 현전을 통해 서사를 전개함으로써 수용자는 서사에서 벌어지는 일들을 생생하게 목격할 수 있다. 오늘날 '극장theater'이라는 단어의 어원이 되는 '보다thea'의 행위는 소설과 연극에서 수용자가 공통적으로 수행하는 것이다. 그러나 소설의 감상이 수용자의 신체와 소설이 인쇄된 책 사이의 물질적인 단절을 통하여 개인적으로 수행되는 독해 행위를 강조한다면, 연극은 비록 무대와 객석이라는 공간의 구분은 존재하지만 극장이라는 공간 안에 모여든 모든 신체들이 상호적인 반응을 주고받으며 전개된다는 점에서 보다 협동적이며 집단적인 예술이라고 할 수 있다.

독재나 공포와 같이 이 작품에서 다루고 있는 형이상학적인 대상들은 눈에 보이지 않고 막후에서 은밀히 이루어지는 경우가 많아 문자로 전부 표현할 수 없는 경우가 많다. 오히려 작중에서도 드러나듯, 독재는 문자의 기능을 전도하여 오히려 아무 의미도 주지 못하는 것으로 전락시키며 문자의 가치를 폭락시킨다. 일찍이 카뮈가 「두려움의 세기」에서 대화와 설득을 강조한 이유가 여기에 있다. 모든 것들이 부정되고 가장되는 독재의 공간에서 유일하게 솔직할 수 있는 것은 인간의 신체뿐이다. 독재가 자아내는 폭력과 공포에 노출되고 압도된 인간의 신체가 내보이는 반응은 문자의 장황한 설명과 비교하여 무척 경제적이다. 혜성 출현이나 페스트의 등장 이후 확연히 달라지는 인물들의 행위에서 관객은 극의 서사가 평범하지 않은 상태에 직면하였음을 직감적으로 느낄 수 있다. 독재가 제압하고 굴복하려고 하는 주목표는 단연 신체이지만, 한편 독재에 저항할 수 있는 반동의 가능성도 내포하고 있는 것 또한 신체이다. 공포와 폭력의 억압에 신음하면서도, 무엇이 옳고 그른 것인지 스스로 반문하면서도 자유와 정의를 위해 나아가려 하는 것은 바로 인간의 신체이다. 당장 카뮈가 앞서 강조한 대화는 신체 각 기관들의 조응을 통해야 가능한 작업이다. 즉 인간의 신체란 독재의 안과 밖에 상존하면서, 독재에 순응하는 것과 독재에 저항하는 것의 이중적인 가능성을 동시에 내포하는 정반합의 존재가 된다.

홀로 이루어지는 독서와 달리 연극은 불특정한 사람들 다수가 극장에 모여 자연스레 집단을 형성한다. 이때 극장은 배우와 관객이 모여 저마다의 의견들이 교호하며 정치적으로 치밀한 토론이 전개되는 아고라의 기능을 한다. 관객은 예술적인 감상을 위한 최소한의 거리를 무대와 유지한 채 함께 객석에 앉아있는 다른 관객들과 묵시적인 의사소통을 이루고, 이는 무대로 발신되어 배우와도 소통이 이루어진다. 연극은 신체들의 대화가 치열하게 이루어지며 인간적인 반응을 교류하는 공간이다. 그동안 독재를 표방하는 무수한 통치 체제에서 연극과 극장을 우선하여 검열하고 통제하였던 것은 우연이 아니다. 세계 연극사를 통틀어 독재를 비판하고자 하는 극작가들은 극중 인물의 입을 빌려 자신의 주장을 밝혀왔으며, 검열을 피하기 위한 방편을 모색한 끝에 우회적인 풍자를 기반으로 극작 기법이 발달하기도 하였다. 대사와 몸짓으로 구성된 연극언어의 표현력은 문자 기반의 문학보다 상당한 효과를 발휘한다. 무대 위의 신체가 발신하는 의미들은 관객의 신체에 닿고, 관객은 다양한 감각을 동원하여 문자를 통해 차마 드러내지 못하는 미묘한 표현까지도 감지한다. 배우들의 동선과 위치, 호흡과 떨림, 섬세한 표정의 변화들은 문자로 차마 옮길 수 없는 것들이다. 독재에 대한 신체의 역동, 그 현전성은 한 권의 책이나 장광설보다도 더 분명한 표현력을 가지고 관객에게 전달된다. 그래서 「계엄령」은 극장에서 비로소 완성된다.

극적인 사건은 흔히 '왜?'라는 물음을 수반하기 마련이다. 물음이 떠오르지 않고 그 자체로 드러나는 것은 사건이 아닌 사고에 가깝다. 사고는 수습이 우선이지만, 사건은 '왜?'라는 물음에 대한 진실을 규명하는 태도가 뒤따른다. 왜 독재가 등장하는가? 왜 민중은 독재에 무력한가? 왜 독재자들은 통치하기를 원하는가? 작품이 던지는 이런 물음들은 원론적이지만 독재에 대한 근본적인 이해를 돕는다. 전체주의나 독재와 같은 불의에 항거하기 위해서는 불의란 어떤 것이며 어떤 모습을 하고 있는지를 분명하게 알아야 한다. 대상에 대한 분명한 직시가 결여된다면 민중이 맞서는 독재나 전체주의 따위의 언표는 한낱 추상적인 수준에 그칠 뿐이다.

이 작품의 극적인 사건들은 엉뚱한 부조리의 면모를 연상케 한다. 카뮈가 일러두기에서 소극적 요소를 배합했다고 밝힌 것처럼, 현실에서 볼 수 있는 정상성과는 다소 어긋난 우스꽝스러운 모습들을 통해 권력의 면면을 밝힌다. 술주정꾼에 불구인 나다가 시장보다 우위에 서서 행정을 쥐락펴락 하고, 카디스의 통치자였던 총독은 자신의 안위를 위해 페스트에게 권력을 통째로 넘기고 꽁무니를 뺀다. 그러나 극에서 일어나는 사건들이 단지 허구로 치부될 수만은 없다는 사실, 즉 캐릭터가 과장되었을 뿐 사건들의 엉뚱함이 현실과 가깝다는 사실을 알아차리는 순간 관객은 마냥 웃지 못한다. 관객은 무대 위에서 벌어지는 사건들의 전체를 조망하며 우스꽝스럽고 엉뚱하다고 느끼는 것에 웃을 수 있지만, 정작 무대 위에 선 존재가 된다면 관객일 때와 마찬가지의 시선으로 무대를 보기 어렵다. 「계엄령」이 던지는 물음은 독자와 관객에게도 이어진다. 당신이 카디스의 민중 역으로 무대에 설 때 과연 페스트로부터 벗어날 수 있겠느냐고, 만약 불가하다면 그러한 여건 속에서도 왜 계속 살아야 하느냐고.

극중 디에고나 빅토리아, 부인 등의 면면은 폭력의 상황에서 카뮈가 지향하는 '저항하는 인간Homme révolté'의 한 모습을 보여준다. 이는 자각하는 인간이다. 비록 알아차리는 데에 오랜 시간이 걸리고 또 스스로 여러 차례 흔들리더라도 불의를 분명하게 직시하는 힘, 그 힘을 통해 자신의 언어를 되찾아 발화하는 용기야말로 카뮈는 폭력에 항거할 수 있는 묘수라고 보았다. 이 작품은 불의에 대한 자각을 통해서 독재를 종식시키고 폭력으로부터 사회를 해방시킬 수 있다는 가능성을 보여준다. 그러나 그것이 또 다른 권력의 등장을 예고하는 것은 아니다. 카뮈는 여전히 파리 시내에서 총격전이 벌어지던 1944년 8월에 탈고한 「자유가 흘리는 피Le Sang de la Liberté」에서 다음과 같이 밝힌다.

> *오늘 저녁 전투를 벌이는 파리의 민중은 내일에는 명령하는 입장이 되고자 한다. 그러나 이는 권력을 잡으려는 것이 아니라 정의를 세우기 위한 것이며, 정치를 하려는 것이 아니라 도덕을 준수하려는 것이자, 이 나라를 통치하려는 것이 아니라 조국의 영광을 위한 것이다.*[25]

폭력에 대한 저항이 또 다른 지배권력의 출현을 언제나 의미하는 것은 아니다. 중요한 것은 민중의 땅에 폭력과 공포가 발붙일 수 없도록 하는 것이며, 이는 독재가 무엇인가에 대한 분명한 직시를 통해 가능하다. 일찍이 라보에시La Boétie[26]가 논구한 바와 같이 복종을 배우게 하는 관습과 쓰디쓴 복종의 독을 스스로 들이키게끔 하는 교육은 인간의 사고를 마비시키기 마련이다.[27] 독재가 원하는 것은 무지와 망각이다. 페스트가 찬탄해 마지않는 규칙이란 반복적이며 지속적인 행위를 통해

---

25 ŒC., p. 380.

26 에티엔 드라보에시Étienne de La Boétie(1530-1563)는 프랑스의 판사이자 저술가이다. 오를레앙 대학에서 법학을 전공한 뒤 보르도 고등법원의 판사로 재직하였으며, 몽테뉴Montaigne와 막역한 사이로 잘 알려져 있다.

27 Étienne de La Boétie, Discours de la Servitude volontaire.

민중이 복종에 숙달하는 정도에 이르는 수단이다. 언어의 가치가 추락한 사회에서 인간의 사고란 제한되기 마련이다. 그러한 점에서 디에고는 범인과 다를 바 없이 평범한 인물임에도, 불의에 항거할 때 필요악으로써 동원되기 마련인 폭력을 수반하지 않은 채 사랑의 힘을 통해 '페스트'의 불의를 스스로 자각하고 이를 언명하였다는 점에서 진정한 부조리의 영웅이라 부를 만하다.

「계엄령」은 카뮈가 비슷한 시기 발표한 희곡 「칼리굴라」나 「정의로운 사람들」과 달리 유독 국내에서 큰 관심을 받지 못한 작품이었다. 한국어로 출판된 번역본도 두어 본밖에 없는 이 작품을 작업하게 된 계기는 카뮈가 피력한 바와 같이 언제 어디서나 전체주의의 망령이 고개를 치밀 수 있음을 오늘날 실제로 목도한 데에 있다. 바로 우리나라에서 극중에서처럼 고개를 푹 숙인 채 침잠하던 페스트가 다른 이의 몸에 깃들어 부활을 시도하였던 것이다. 영영 돌아오지 않을 것만 같았던 그 이름이 야음을 틈타 각종 매체를 통해 언명되는 순간, 나는 차마 어찌할 수 없이 뜬눈으로 밤을 새웠고 그날 이후로도 한동안 무력감 속에 일상을 보냈다. 그때 녹색광선으로부터 이 작품을 긴급히 번역해줄 번역가를 찾아줄 수 있느냐는 부탁을 받았고, 이참에 기억 속에 잊은 「계엄령」을 간만에 읽어본 나는 다음 날 기꺼이 번역하겠노라고 자원하였다.

옮아오는 공포에 저항하는 작중 인물들은 우리 주변 어디서나 쉽게 볼 수 있는 소시민의 행색을 하고 있다. 이들은 갑작스러운 상황에 끊임없이 흔들리고 도망치며 망설인다. 그러나 이들이 당당하게 바로 설 수 있는 까닭은 방황 끝에 결국 현재 상황이 잘못되었음을 깨우쳤다는 사실, 공포에 직면하여 공포가 정의롭지 못하다는 사실을 당당히 말하고 거부할 수 있는 용기 때문이었다. 디에고와 빅토리아의 관계에서 볼 수 있듯 말할 수 있는 언어를 되찾는 데에는 타인과의 연대와 사랑이 도움을 주기도 한다. 그동안 우리네 역사에서 권위와 명성을 갖추었지만 이마저도 수행하지 못한 이들이 얼마나 많았던가. 학식이나 명망을 두루 갖춘 유력 인사들이 권력의 편에 앞장서서 확성기 역할을 자임하는 사례가 부지기수였고, 하물며 이로 인해 동료가 피해를 입는 순간에는 말을 깨우치지 못한 갓난아기처럼 침묵으로 일관하기 일쑤였다. 중요한 것은 무엇을 말하느냐에 달려있다. 비록 한마디 말에 불과하더라도, 말은 언중의 입을 통해 사방으로 달려 나가며 또한 듣는 사람의 마음을 움직이는 저력이 있다. 극중의 인물들은 비범하지 않은 지극히 평범한 모습으로 이를 실천한다. 그래서 희망을 준다. 우리도 모두 디에고가 될 수 있다. 자유와 정의의 편에 선다는 것은 대단한 품성이나 초인적인 능력을 요구하는 것이 아니다. 당장이 아니라도 그저 잘못된 것을 잘못되었다고 말할 수 있는 언어와 용기만 있으면 된다는 것을 이 작품은 보여준다.

오랜 잠을 깨고 부활을 시도한 망령을 완전히 말소시키기 위해 많은 시민들이 거리와 광장으로 모여들고 있다. 내가 가진 능력으로 이들과 연대할 수 있는 방법이 있다면 바로 이 작품을 번역하는 일이라고 생각하였다. 최대한 빨리 책으로 내어 많은 이들이 읽도록 해야 한다는 개인적인 조바심으로 서둘러 작업하려고 애썼다. 그러나 초조한 마음이 번역의 질에 폐가 되지 않도록 여러 번역본을 통한 교차 검증도 놓치지 않았다. 번역의 저본으로 플레이아드 판(Gallimard, 2006)을 참고하였으며, 국내에 출판된 정병희(文潮社, 1970), 김화영(책세상, 2000) 선생님의 번역본을 참조하여 많은 도움을 받았다. 또한 해석이 엇갈리는 대목에 관해서는 스튜어트 길버트의 영역본(Alfred A. Knopf, 1958)과 오쿠보 테루오미의 일역본(新潮社, 1973)을 참조하여 번역하였다. 최대한 독자의 편에 서서 번역하기 위해 노력하였으나, 이후에 이 책에서 발견되는 모든 오류는 번역자의 부족한 자질 탓이다. 이 책이 나오도록 배려해주신 녹색광선 박소정 대표와 연대의 가치를 아는 이 땅의 시민들 그리고 나의 가족에게 깊은 감사를 전하며, 페스트 일당을 좇아내고 성문을 열어 대서양의 신선한 바닷바람으로 오염을 씻어낸 카디스처럼, 태평양에서 달려온 후끈한 바닷바람을 맞이하여 이 땅을 뒤덮은 폭력과 공포의 서릿발을 모두 녹여버리는 날이 오기를 기원한다.

알베르 카뮈 (ALBERT CAMUS, 1913~1960) 연보

1913

1913년 11월 7일 알제리의 몽도비에서 프랑스계 알제리 이민자로 태어나다. 아버지 뤼시앵 카뮈는 1914년 제1차 세계대전 중 사망했다. 그의 어머니 카트린 엘렌 생테스는 스페인 사람으로 문맹이며 귀가 잘 들리지 않았다. 소년 카뮈는 외할머니, 어머니, 형 그리고 두 명의 외삼촌들과 벨쿠르에 있는 집에서 살았다. 집안 형편은 매우 좋지 못했다.

카뮈가 태어난 알제의 풍경

1918 초등학교 입학, 재학 시, 루이 제르맹 선생에게 각별한 격려를 받음. 후에 카뮈는 노벨상 수상 연설집을 그에게 헌정함.

1923 집안의 반대가 있었으나, 제르맹 선생의 도움으로 프랑스의 중등학교에 시험을 통해 장학생으로 입학하다.

1930 평생의 스승인 장 그르니에를 만난다. 폐결핵으로 학교 중퇴. 요양에 적합하지 않은 집을 떠나, 귀스타브 이모부네 집에서 기거하며 고전들을 탐독.

1932 잡지 「쉬드 Sud」에 4편의 글을 발표.

1932 히틀러가 권력을 장악하여, 카뮈는 암스테르담 - 플레이엘 반파쇼 운동에 가입하여 투쟁함.

1934 스물 한 살 되던 해 시몬 이에와 결혼. 그러나 시몬의 모르핀 중독으로 인해 2년 후 별

거에 들어감. 장 그르니에의 권유로 공산당 가입.

1935 첫 에세이 『안과 겉』 집필을 시작하고, 알제 대학에서 철학 공부 시작. 재학 중에도 각종 임시직을 전전하였으며 가정교사, 자동차 수리공, 기상청 인턴과 같은 잡다한 일을 하였다. 아마추어 극단과 '노동자의 극장' 설립을 주재. 당시 축구팀 골키퍼를 할 정도로 운동을 좋아했다.

1936 졸업 논문으로 학사 학위 받음. '세계 앞의 집'에서 여자친구들과 공동체 생활.

청년 시절의 카뮈

1937

『안과 겉』 출간. 건강상의 이유로 철학교수 자격 시험 응시를 대학으로부터 거부당함. 두 번째 아내가 될 수학자이자 피아니스트인 프랑신 포르를 만나 오랑을 자주 방문함. 요양을 위한 여행 중 에세이 『결혼』 집필. 알제리를 떠나 프랑스로 이주를 계획.

1938 파스칼 피아가 주도하는 좌익잡지 「알제 레퓌블리캥 Alger-Republicain」에서 기자로 활동. 희곡 『칼리굴라』 집필 시작. 첫 소설 『이방인』 집필을 위한 자료 수집을 시작.

1939

5월 에세이 『결혼』 출간. 9월 3일 제2차 세계대전이 발발하고 참전을 신청했지만 폐결핵 병력으로 프랑스 군대입대를 거절당했다.

에세이 『여름』에 실린 글들을 이때부터 쓰기 시작했는데, 카뮈는 그 해 자신의 인생에서 일어난 중요한 일들을 기억하며, 짧은 글들을 써 나갔다. 이 해에는 오랑 여행을 했으며, 『여름』 중 <미노타우로스 혹은 오랑에서 잠시 휴식>씀.

1940 시몬 이에와 이혼. 이 시기에 『이방인』을 탈고한다. 스물여섯 되던 해 프랑신 포르와 오랑에서 두 번째 결혼. 파스칼 피아의 추천으로 「파리 수아르 Paris-Soir」 잡지에서 기자로 일하기 시작했으나, 해고되어 실업자가 됨.

철학서 『시지프 신화』 전반부 집필.

기자 시절의 카뮈

이방인 초판

1939년 발발한 제2차 세계대전을 생각하며, 『여름』 중 <아몬드 나무들>씀.

1941 11월 15일 파리에서 독일육군이 저지른 가브리엘 페리의 처형을 목격하고 독일에 대한 저항을 결심. 『시지프 신화』 탈고. 소설 『페스트』구상을 시작.

1942

폐결핵 재발하여 오랑으로 돌아가 요양.

7월, 『이방인』 출간.

1943 『시지프 신화』 출간. 제2차 세계 대전 기간 동안 레지스탕스 조직 콩바 Combat에 가담, 편집자가 되어 전시 상황을 보도.

장폴 사르트르와 교제가 시작됨. 전쟁 이후 카뮈는 사르트르와 함께 생제르맹 데프레 가에 있는 카페 드 플로르 Cafe de Flore를 자주 찾기 시작했다. 평생의 연인이 된 배우 마리아 카사레스를 이 시기에 처음 만남.

갈리마르 출판사의 고문직을 맡음.

1944 희곡 『오해』 상연. 「콩바」지를 파스칼 피아와 함께 운영.

1945 희곡 『칼리굴라』 상연, 대성공을 거둠. 연극은 첫 상연 직후 200회 넘게 연속 상연됨.

1946 『페스트』 탈고. 1939년의 그리스 여행을 가지 못했던 것을 상기하며, 『여름』 중 <저승의 프로메테우스>씀.

1947

『페스트』 출간. 독자와 평단 양쪽에서 모두 찬사를 받음. 『여름』 중 <과거 없는 도시들을 위한 간략한 여행가이드>씀.

1948 알제리 여행. 『여름』 중 <헬레네의 추방>씀.
희곡 『계엄령』 상연.

1949 여름 남미 여행을 하며 <가장 가까운 바다(항해일지)> 일부를 작성함. 이후 폐결핵이 재발하여 2년간 은둔상태로 철학서 『반항하는 인간』을 집필하며 지냄.

1950 『여름』 중 <수수께끼>씀.

1951 『반항하는 인간』 발표. 프랑스에 있는 좌익 성향의 지식인 동료들은 이 책에 반발하였음.
사르트르와의 논쟁을 통하여 그와 사실상 절교.
책과 관련된 논쟁은 1년 이상 계속됨.

1952 알제리 여행. 『여름』 중 <티파사로 돌아오다>씀.

1953 『여름』 중 <가장 가까운 바다(항해 일지)> 마무리.

페스트 초판

1954

1939년부터 1953년까지 쓴 글을 모아 『여름』 출간.
알제리 독립전쟁이 발발하자 여전히 어머니가 알제리에 살고 있었던 카뮈는 도덕적 딜레마에 빠짐. 그러나 그는 알제리계 프랑스인 pied-noirs의 정체성을 택하여 프랑스 정부를 옹호하였다. 카뮈는 알제리 자치권을 인정하거나 연방정부를 구성하면 알제리계 프랑스인과 아랍인들간의 공존이 이루어질 것이라고 믿었으며, 알제리의 완전 독립에는 부정적이었다. 전쟁 기간 동안 그는 양측 모두에게 받아들여지지 않은 정전협정을 위하여 헌신했다. 이러한 활동 뒤에 체포된 알제리인들을 구하기 위하여 비밀리에 활동하였다.

1956 소설 『전락』 출간. 알제리 여행.

1957

10월 17일 역대 두 번째 최연소로 노벨 문학상을 수상. 상금으로 프랑스의 아름다운 시골 마을인 루르마랭 Lourmarin에 집을 구입.

1959 도스토예프스키의 『악령』을 각색, 연출. 자전적 소설 『최초의 인간』 집필 시작.

1960

1월 4일, 상스 sens에서 자동차 사고로 사망. 향년 47세. 그 전날, 열차를 타고 파리로 돌아갈 예정이었으나, 사고 당일 아침에 출판인 미셸 갈리마르가 자동차를 몰고 찾아와, 열차 대신 그 차를 타는 바람에 사망함.

죽기 직전까지 거주한 루르마랭의 묘지에 안치되었음.

2009년 당시 대통령이었던 니콜라 사르코지가 파리 팡테옹으로 카뮈 유해 이장을 제안했으나 아들 장 카뮈가 아버지의 철학에 위배된다며 거절.

두 권의 사후 출판작 중 첫 번째는 『행복한 죽음』으로 1970년에 출간되었다. 두 번째 유작은 미완성의 소설로 카뮈가 죽기 직전까지 집필한 『최초의 인간』이다. 이 소설은 알제리에서의 어린 시절을 그린 자전적 작품으로 미완성 상태로 1995년에 출판되었다.

노벨 문학상을 받은 직후 행사장에서의 카뮈

루르마랭에 있는 카뮈의 무덤

옮긴이 **안건우**

도서출판 사소서사에서 출판기획과 번역을 맡고 있으며, 공연예술 영역에서도 활동하고 있다. 몰리에르의 국내 미번역 작품을 엮은 『날아다니는 의사 외』, 『사랑과 전쟁 외』, 『성가신 사람들 외』, 『스카팽의 간계 외』 등의 희곡집, 알베르 카뮈의 『계엄령』, 쥘 구페의 『프랑스 요리의 모든 것』, 시도니가브리엘 콜레트의 『지지』, 마리잔 리코보니의 『에르네스틴의 이야기』등의 역서를 작업하였다. 경북대학교에서 불문학을 배운 뒤, 현재 서울대학교 대학원에서 공연예술학을 공부하고 있다.

계엄령

초판 1쇄 2025년 3월 14일
초판 2쇄 2025년 3월 15일

지은이 알베르 카뮈
옮긴이 안건우
디자인 이지영
펴낸이 박소정
펴낸곳 녹색광선
이메일 camiue76@naver.com
ISBN 979-11-983753-4-6(03860)